시 창작 스터디

이다희 시집

문학동네시인선 138 이다희

시 창작 스터디

시인의 말

포니테일을 보면 잡아당겨야 하는 아이가 있다.

하필 그런 아이가 나였고 당연히 친구들은 나를 싫어하기 시작했다. 산발한 머리로 집에 돌아가는 길에 뜨거운 아스팔트 위에서 하얀 김이 올라오는 것을 봤다. 신호등이, 길을 건너는 사람들이, 가로수가 모두 일렁거리는 것을 봤다. 얼핏 교과서에서 아지랑이라는 단어를 배운 기억이 떠올랐다. 다시는 포니테일을 잡아당기지 않겠다고 다짐했다. 키가 작은 어린아이에게 아지랑이가 더욱 이상하고 아름답게 보일 수 있다는 생각은 어른이 된 후에 들었다.

그렇지만 나는 당신 손이 이 시집을 한껏 잡아당겨 읽어주길 바란다. 아주 오래전 내가 참지 못하고 그랬듯이.

2020년 6월
이다희

지평선과 기차가 다르다고
한 사람에게 긴 고백을 시작한다

차례

2부 햇빛이 복도를 오래 사랑했다

3부 비는 모두를 버리고 내린다

4부 처음을 두 번 할 수 있을까

1부

내일은 당신이라도 좋아요

포춘 쿠키

생각은 스스로 잠겨 있길 좋아한다

어제는 싱가포르에 갔어요 오늘은 일본에 갈 것이고 내일은 당신이라도 좋아요

지역의 이름과 그곳의 기후를 같이 떠올리면
풍토병을 앓는다는 점괘가 나왔다

과자 속에 들어 있었어요
두통이라도 좋고 복통이라도 좋았어요

절벽에서 떨어진 밤의 시신을 찾아 다시 돌아가고 있어요

아파서 주먹을 쥐는 당신의 손바닥이 엉망이군요
납작하고 축축한 어둠이 지문을 따라 번져가요
의사는 결코 당신에게 양보하는 법이 없죠

생각은 끝에 도착한 것 같은데 사람이 도망을 가자고 한다

바닥에 닿지 않는 커튼이 계속 아름다운 직물의 모습을 보여줄 때
그것은 정말 바닥과 무관한 일이 되는 것일까

웃자란 풀들이 당신 무릎에 조그마한 생채기를 낼 때
당신이 그걸 느끼길 바라요
내일은 당신이라도 좋아요

얼음 위에 두 발이

우유를 끓이면 표면에 눈으로는 쉽게 알아볼 수 없는 얇은 막이 생긴다 입술로 얇은 막을 찢어가며 우유를 마신다 우유는 아직 뜨겁다 새벽에 드는 한기가 우리를 조금 사랑스럽게 만들 수 있다 긴 담요로 몸을 감싸고 따뜻한 컵을 쥐고 앉아 있어

손목시계에 반사된 빛이 반짝거린다 나는 아직 어슴푸레한 거실 한 공간에 손목을 움직여 빛을 쏘아댄다 작은 직사각형으로 떨어지는 빛이 거실 중앙을 배회한다

내가 사는 곳에는 아몬드 나무가 한 그루 자란다 나는 아몬드맛을 알지 씹으면 둥글게 퍼지는 고소한 나무 냄새를 나무 냄새가 지나고 옅게 남은 떫은맛을 거리의 불빛은 얼마 지나서 않아서 소등되겠지만 아직 완전히 어둡지 않은 곳으로 사람들 몇이 모여 있다 밤을 샌 사람들일까 일찍 일어난 사람들일까 담배를 태우는 사람들의 얼굴에도 추위가 가시지 않는다

모퉁이를 돌 때마다 모르는 길이 이어졌다 어처구니없이 나는 내가 사는 곳에서 길을 잃어버린 것일까 아파트 공사장 근처 저수지는 얼어 있다 나는 조심조심 발을 디뎠다 창문들이 하나둘씩 열릴 때 창문들에 하나둘 사람들이 보이기 시작할 때

아침으로부터 무방비한 사람들이 서둘러 옷을 갖춰 입고 문밖을 나선다 출근하는 사람의 얼굴 속에 아직 묻어 있는 잠이 고단해 보여 어젯밤 미처 나누지 못한 이야기를 서둘러 잊어버리고 거울을 확인해

모르는 길과 아는 길이 이어질 때 나는 가벼운 현기증이 난다 컵의 바닥에는 아직 마시다 남은 우유가 있겠지 나는 빙판 위를 아주 천천히 달리기 시작한다

희극

꿈속에서는 항상 누군가와 함께 있었다
혼자서는 꿈속이라고 생각할 수 없다
홀로 걷는 골목에 서 있는 내가
나를 보는 것을 알아차릴 수 없다

보고 싶은 사람들은 여기에 다 모여 있어
서로 얼굴을 던지고 받으면서
슬픔 없이 죄책감도 없이 감정 없이
이 놀이에 동참하고 싶다

보고 싶은 줄도 몰랐던 얼굴이
나에게 던져졌고
나는 그 얼굴을 들고 가만히 서 있었다
다음 사람에게 얼굴을 던져야 하는데

내가 놀이를 망친다
나는 내 꿈속에서 쫓겨난다

두고 온 사람들에게
염치가 없었다

나는 영혼을 가지고 있다가
영혼이기도 하고

영혼과 영혼 같은 것 어디쯤에서

만들다 만 천사가 비척비척 걸어와
꿈의 시나리오를 넘기며 어디쯤, 어디쯤

감긴 눈 겨우 치켜뜨며
뭉개진 손가락으로 어디쯤, 어디쯤

곡선의 이유

위에서 아래로 뛰어내리면 죽을 수도 있어
그렇게 죽은 사람을 본 적 있어
실은 모든 것에 위와 아래가 있지

모두들 위에서 아래로 가는 걸 두려워해
그러니까 계단이 있잖아
수많은 계단이 있는 이유를 생각해봐
하지만 이 세계에서 나만한 곡선이 있을까

계단을 만들어놓고 왜 이용하지 않는 거야
나는 물어봤어 그 사람 당연히 대답을 못해

으스스하더라 꼬리를 껴안고 잠이 들었어
그다음날부터 동네에 이상한 소문이 돌았어

고양이를 보면 죽는다는 소문
위에서 아래로 떨어진다는 소문
나보고 재수없다는 거야

그러니까 다시 한번 묻자
계단을 왜 이용하지 않았어?

계단 아래에도 계단

계단 위에도 계단

계단계단계단 계속 계단이라고 중얼거리면
기분이 이상해져

사람들은 나를 잡을 수 없을 거야
내 곡선을 이해할 수 없으니까

일직선 슬픔

누가 침대에서 이렇게 뒤척이는 거야
이불은 구름처럼 일어났다 사그라든다

침대에 누워 있는 건 편해

벽에 붙어 있는 게 편한 사람도 있어

벽에 붙어 있는 게 편한 사람이 어디 있어

침대와 벽은 수직으로 만난다

벽에 붙어 뒤척이면 고통스러워 보이지 않을까

누가 본다고 그래

밖에 장난감을 두고 왔어
집보다 큰 삼각형을 두고 왔어
발로 차도 잘 차지지 않더라

그런 걸 어떻게 가지고 놀았어

놀지 않았어 그냥 두고 왔어
집보다 큰 삼각형을 두고 왔어

집에서 집보다 큰 삼각형이 어디 있겠어
집이 쪼개지면 화장실은 어떻게 가니?
오줌 누는 소리가 크게 들릴 거야

그런데 가난한 침대가 악몽의 전부일까
침대에 붙어 뒤척이면 고통스러워 보이지 않을까
침대를 계산해보자 어디부터 어디까지야?

바깥으로 빠져나온 발을 구름 그늘이 덮는다
그늘의 부피만큼 발이 납작해진다
구름 속에서 머리가 일어나 토끼가 되어 사라진다

초가 타는 시간

불이 필요해
조금 더 밝아지려고
조금 더 따뜻해지려고

친구의 생일을 축하하겠다고 모여서
저마다 불을 찾는다
케이크 상자 속에 불이 없어?
누구 라이터 있는 사람?

불의 사전에는 발전이라는 단어가 없어
사람은 불이 있어서 진화했는데
불은 한 번도 발전한 적이 없다

불에 타서 돌아온 사람이 없다
마녀는 돌아올 수 없는 자의 동의어지
일단 우리에게는 불이 필요해
태울 것이 필요해

어째서 생일을 축하하는 걸까?
일부러 전깃불을 끄고
촛불을 켜고
노래를 부를까

불을 발견한 첫 사람은 타들어가는 거대한 허공 앞에서
입을 벌렸다
사람들에게 돌아가 불을 흉내냈지만
모두들 다정하게 안아주었다

다시 전깃불을 켜고 케이크를 나눠 먹자
나는 떨어진 촛농을 퍼내고 공평하게
케이크를 조각낸다

늦게 오는 자장가

태양은 오늘 조금 늦게 일어났다

세계에 조금 지각한 것이다

이상하지만 아무도 눈치채지 못했다

얼음이 옆에 있던 얼음과 붙었다

아주 낮은 온도로 붙었다

얼음과 얼음이 붙어 얼음이 되는 장면은

태양의 꿈이었다

태양이 계속 되감아 보는 좋아하는 장면이었다

눈을 감아도 계속 들려오는 자장가였다

자장가 속에서 계속 살아가는 뜨거운 휴일이었다

휴일 첫날 포기한 자식이었다

큰 개가 꼬리를 잡겠다고 원을 그리며 빙빙 돈다

돌다가, 돌다가 계속 돌다가

갑자기 주저앉는 바로 그 자리였다

하루는 내 옆에 붙어 마지막이 된다

나는 하루가 가장 좋아하는 장면이었다

큰 개가 공을 물고 뛰어온다

나는 축축하고 뜨거운 공을 하늘 높이 던졌다

이를 악물었다

지각하지 않으려고 눈을 떴다

백색소음

조용히 눈을 떠요. 눈을 뜰 때에는 조용히 뜹니다. 눈꺼풀이 하는 일은 소란스럽지 않아요. 물건들이 어렴풋한 덩어리로 보이기 시작합니다. 눈길로 오래 더듬으면 덩어리에 날이 생기죠. 나는 물건들과의 이러한 친교에 순응하는 편입니다.

벽에 붙은 선반에 대하여
나에게 선반은 평평하지만 선반 입장에서는
필사의 직립(直立)이 아니겠습니까?

옆집에서는 담을 높이는 공사가 한창입니다. 점점 높아지는 담에 대하여, 시멘트가 채 마르기 전에 누군가 적어놓는 이름에 대하여. 며칠째, 습한 날씨가 계속되고 투명한 문신 같은 이름이 피부에 내려앉습니다.

피부가 세상에 가장 먼저 나가는 마중이라면 나는 이 마중에 실패하는 기분이 듭니다. 나는 이 습기에 순응합니다.

하지만 만약 손에 닿지도 않은 컵이 미끄러진다면 컵을 믿겠습니까? 미끄러짐을 믿겠습니까?

유일한 목격자로서 이 비밀을 어떻게 옮겨놓을 수 있을까요. 도대체 이 습기는 누구의 이름입니까.

눈꺼풀을 닫아도 닫아지지 않는 눈이
내가 사라지고도 내 곁을 지키는 잠이
오래 나를 지켜봅니다.

깨진 컵의 위로

사막에서 오아시스를 발견하면
오아시스에서 물이 흐른다면
어떻게 환상이라고 눈을 감겠어

흐르는 물을 담으려는 손가락 사이를 빠져나가는 무수한 모래 알갱이들
컵은 깨지거나 깨지지 않거나 둘 중 하나를 하지

차라리 컵을 내 귀라고 생각해 컵에 입을 대는 순간
입안에 가득 들어차는 모래 알갱이들

담을 수 없는 것들이 난처하게
뚝, 뚝
떨어지는 모습을 보면

어떤 독재자라도 나를 가엽게 여기지
손과 귀를 구분 못하는 불쌍한 사람이라고

손과 귀가 바뀌어 뭉개진 채 점점 작아지는 모래 알갱이들
컵은 깨지거나 깨지지 않거나 둘 중 하나를 하지

아침 오믈렛

밥을 먹을 때는 밥을 먹어야지 책은 그만 내려놓고 핸드폰은 다른 곳에 놔두도록 해
엄마는 말한다 자기 앞에 있는 접시에 충실해야지

어떤 여름이든 아침이면 왜 이렇게 항상 서늘한 건지 모르겠어
나는 고개를 숙이고 입속으로 사라지는 오믈렛에 집중한다

자라다 만 아이들은 담벼락에 꽂혀 피어난다 호기심으로 눈이 반짝거려도
매일 아침 배가 고프지
누군가 닦아놓은 듯 윤이 나고 작은 등껍질을 가진 벌레가 거실을 가로지른다

태어나서 집밖으로 나간 적 없는 아이와 태어나자마자 길에서 살았던 아이는 서로 만난 적이 없다 어젯밤 꿈에서 나타난 아이들은 아침 오믈렛에 부딪혀 잘게 부서진다 이야기는 납작하고 둥근 오믈렛에 떠밀린다

오믈렛이 프라이팬 구석에서 접시로 떨어질 때 오믈렛의 형식과 온도가 정해진다
나는 입속으로 사라지는 오믈렛에 집중한다

햇빛이 오는 쪽

손을 들어 햇빛을 막았다. 눈이 가늘어지는데, 얼굴이 탈 것 같은데, 이제 그늘로 가야 하는 게 아닐까. 몸에서 열이 나는 것 같아. 그늘은 어디에 있을까. 햇빛을 막는 손이 강할까, 기어코 손에 닿는 햇빛이 강할까.

내가 보기도 전부터 사마귀는 뒤틀려 있다. 자신의 건축이 그대로 뒤틀려 꺾여 있다. 내장이 흘러나오지는 않았다. 이상하지, 죽었는데 무엇인가 흘러나오지 않는다는 것은. 시간이 조금 흐르고 나서야 나는 사진이 거꾸로 전시되었다는 것을 알아차렸다. 그렇다면 사마귀는 죽지 않았던가? 사진을 바로잡아도 사마귀는 뒤틀려 있다. 이번에도 내장은 흘러나오지 않았다.

사진을 바로 걸어라. 소란을 피우는 관객을 보며 쉿! 하고 검지를 입술에 붙이지만 사마귀가 죽었는지 살았는지 확신할 수 없었다. *사진의 지평선과 지평의 선을 맞춰라.* 항의하는 입술에 검지를 가져다 대고 싶지만……

지진을 찍겠다며 셔터를 눌러대는 사람의 사진에서는 중력이 희미해졌다. 하지만 사진을 기울여봐도, 쏟아지는 사물은 없었다. 대신 고개가 따라 기울어졌다. 나는 중력을 찾겠다고 눈을 크게 떴다. 눈이 충혈되기 시작했다.

개구리와 독수리

독수리에게 쪼아 먹힌 개구리가 가는 천국이 있을 것이다

개구리 울음소리는 갈 수 없는 천국이 있을 것이다

쌍둥이 언니가 마중나오는 천국이 있을 것이다

나보다 어린 언니를 마치 딸처럼 보살필 천국이 있을 것이다

죽어서는 못 가는 천국이 있을 것이다

이제 그만 천국을 멈추고 싶을 것이다

날개를 가진 것들이 날개를 맡기는 천국이 있을 것이다

개구리 울음소리가 듣고 싶을 것이다

창에 부딪힌 입김이 가는 천국이 있을 것이다

다 늙은 할머니의 예감이 날카로워지는 순간이 있을 것이다

(2020)

선물을 싼 얇은 포장지가 리본까지 달려 있는 포장지가 선물과 같이 왔다 상자를 흔드니 소리가 났다 자세히 들어봐 비틀즈의 미공개 음악 아닐까 그렇다면 대박인데 난 아직도 고민이 생기면 신해철씨한테 먼저 물어봐 머릿속으로 그냥 머릿속으로 아직도 오노 요코를 원망하는 사람들이 있더라 얼핏 우는 소리 같기도 해 그렇다면 굳이 열어봐야 할까 얇게 언 눈밭을 걸어가는 기분이야 슈가코팅이 깨지기 전에 먹던 막대사탕을 눈사람 옆구리에 찔러넣는 것 같아

예쁜 포장지는 찢어버리기 아까워 2020번의 선물과 2020번의 포장지가 거대한 마트에 쌓여 있는 건 아닐까 부드럽게 카트를 밀고 물건들을 구경하는 것이 좋아 뒤쪽의 성분 표시를 유심히 읽어보자 졸피뎀과 같이 먹으면 치명적인 성분이 있을지도 몰라 약국에 또 가야지 안전 수칙을 반복해서 듣고 순순히 고개를 끄덕거려야지 불투명한 유리 너머로 사라지는 약사를 쳐다봐야지 전문가들이 불투명한 유리 너머로 사라질 때 나는 그들이 신비롭다고 느껴 폰을 꺼내서 검색하고 또 검색한다 같은 문장을 새롭게 읽으면서 카트를 민다

( )

주머니에서 엉켜버린 이어폰을 꺼냈어요. 엉켜버린 이어폰으로는 노래를 들을 수 없어서. 이어폰 끝을 잡고 매듭을 풀죠. 여는 괄호와 닫는 괄호 사이에 서 있었어요. 여기는 참 편하고 아늑하네요. 슬픈 노래를 들으니까 슬퍼지네요. 사람들은 슬픈 노래를 만들고 슬픈 노래를 듣고 나는 이 쳇바퀴가 마음에 들어요. 목소리가 큰 사람이 남몰래 무너질 때 우리는 그를 더욱 사랑할 수밖에 없다고 느끼죠. 텅 빈 상자를 보면 상자를 채우고 싶은 사람이 있고 한번 밟아보고 싶은 사람이 있어요. 채우면 채워지는 선물이 좋아요. 밟으면 구겨지는 내면이 좋아요. 나는 조금 내성적이죠. 혼자 있는 게 편해요. 세상에 있는 수많은 심리검사 종이를 쥐고 밀린 숙제를 하듯이 열심히 풀죠. 이런 거 너무 재밌어요. 종이를 반납하고 안경 너머의 눈이 조용히 종이를 읽어내려갈 때, 종이와 내 얼굴을 번갈아 쳐다볼 때, 마침내 입이 열릴 때, 모든 걸 다 말해주지 않았다고 느낄 때, 종이가 다른 종이와 섞이지 않도록 섬세하게 보관될 때, 모든 순간이 사랑스럽죠. 상자의 모서리를 돌고 돌다가 다시 제자리에 도착했어요. 날아가는 노래를 귓속에 잡아두었다고 해도 그게 나비가 아니죠. 나비 고치의 가장 큰 적은 나비라고 생각해요. 나비와 노래를 바꿀 수 없었어요. 내가 조금 내성적이라서. 이어폰 밖으로 슬픈 노래가 쏟아지고 있어요.

아침의 예감

새벽에는 유독 작은 소리가 더 잘 들린다 어두우니까 괜히 더 소리에 예민해지는 것 같다

소리를 잘 들으면 보이지 않는 것을 상상할 수 있지 뛰어가 다급히 문을 여는 소리 시동을 거는 소리 차가 전진하는 소리 거칠게 미끄러지는 소리 그리고……

그리고? 소리에 결말이 없었다 어째서 부딪힌 소리는 들리지 않을까 아스팔트 도로에 스키드 마크가 새겨지지 않았을까? 나는 H를 흔들어 깨웠다 들었어? 차가 미끄러졌는데 아무 소리도 안 들려 들었어?

아무 소리도 들리지 않았는데, 무슨 소리를 들어? H는 눈을 겨우 뜨고 되묻는다.

아니, 들리다가, 지금은 들리지 않아.

그럼 들리지 않다가, 들리는 소리는? 그때는 소리가 들린다고 날 깨울 거야? 그만해. H가 말했다.

그만해, 그만해.

나는 말을 하다가 하지 않는데도 H는 그만하라는 말을 멈추지 않는다 아스팔트 도로는 미끄러지는 차를 어디까지 기

억해줄까 그만 그만해 그만해

과연 H의 입은 그만해라는 말을 하는 기계가 아닌가
차는 사라져버린 기계가 아닌가 H는 그만하라는 말을 멈추지 않는다 그만하라는 말이 H를 다시 만들고 있는 것 같았다 스스로도 무슨 말을 하는지 모르는 것 같았다

뚜벅뚜벅 안에서 걷는 소리가 들렸다
H의 입김이 볼에 닿는다 나는 H의 어깨 너머를 깊이 바라본다
누군가 시동을 걸고 있었다

2부
햇빛이 복도를 오래 사랑했다

플랫폼

긴 복도를 따라 걷는 발걸음이 있다
발소리가 길게 따라붙는다

홀로 걷는 사람은
자신의 발소리를 자신만 듣는다

복도는 항상 어디쯤이어서
갑자기 발걸음을 멈추는 일이
여기가 어디인지 묻는 물음이
미궁에 빠진다

자신의 발소리를 자신만 듣는 일이
자신의 울음소리를 자신만 듣는 일과
어떻게 다른가

복도가 휘는 것은
시간이 흐른다고 생각하는 것은
너무 긴 것에 대한 착시일 뿐이라고

어디에나 있는 복도가 어디인지 묻는 일이
얼마나 치사한가

아무도 복도에서 생활하지 않고

걸어오다 문득
사라지는 사람이 있다

햇빛이 복도를 오래 사랑했다

강아지를 찾습니다

강아지를 찾는다는 전단지를 보면 마음이 아파. 사진 속 강아지는 주인을 잃어버리기 전이라 찾아야 하는 강아지와 다를 것 같아. 집이 아닌 곳에 있는 강아지를 주인은 쉽게 상상할 수 없었을 거야.

주인은 강아지를 잃어버려도 주인이지. 하지만 강아지를 잃어버린 주인이지. 뺏긴 것 같은데 누구도 뺏은 적 없는 사람이지. 살면서 이렇게 바닥을 뒤져보기는 처음인데. 강아지는 보이지 않아.

바닥에는 죽은 새가 있네. 이렇게 죽은 새는 처음 보네. 잃어버린 물건을 찾듯이 위를 쳐다보면 투명한 벽이 있고, 투명한 벽에는 날개를 펴 날아가는 검은 새 스티커가 붙어 있어. 검은 새가 실패한 것 같았어. 그게 꼭 전단지가 실패할 거란 얘기 같아서 주인은 주저앉아버렸어.

후드티를 뒤집어쓰고 나이키 운동화를 고쳐 신고 주인은 새벽에 집을 나왔어. 어떤 색을 고를까 하다가 파란색으로 결정했지. 파란색 유성 매직을 손에 꼭 쥐고, 가장 밑에 있던 문장의 띄어쓰기 사이에 중요한 단어를 덧댔어.

사례금을 지급하겠습니다. 사례금을 충분히 지급하겠습니다.

중요한 퇴고를 끝마치고 한 걸음 물러서서 바라봤지. 새벽이 다 지나가기 전에 모든 퇴고를 끝낼 결심으로 주인이 뛰어가기 시작했어.

인터뷰

김상만씨의 가장 큰 고통은 추운 날씨라고 한다. 그는 내가 가장 사랑하는 영화감독인데, 지난겨울이 못 견디게 괴로웠다고 한다. 몸을 바꿀 수 있다면 좋겠어. 아니면 살짝 빌려서라도.

몸을 움츠린 채 날씨 탓하는 그를 떠올리면 이상하게 웃기지. 추위가 가장 큰 고통이라면 그의 영화 속 주인공은 주로 벌을 받고 있는 것인가? 주인공이 걸어가는 눈밭에 푹푹 파이는 발자국이 떠올랐다.

몸을 바꾸면 기분이 이상할까. 아니면 기분 같은 것은 어떻게 되어도 상관없어질까. 주인공은 갑자기 커진 발 때문에 터질 것 같은 신발을 겨우 고쳐 신고 다시 걷는다. 관객들은 웃음을 터뜨리거나 손으로 눈을 가리고 운다. 뒤에 따라오는 사람은 발자국을 이해할 수 없다.

한 사람의 발자국이 어떻게 갑자기 커지는가. 그렇다면 발이 작은 사람이 발이 큰 사람을 업고 있었던 것 아닐까? 그러다가 중간에 둘은 위치를 바꿨겠지. 발이 작은 사람이 발이 큰 사람을 업고 가는 것은 정말 힘들었을 거야. 발이 작은 사람이 발이 큰 사람에게 오래 업혀 있었으면 좋겠다고 생각한다.

추워, 라고 말하자 둘은, 하나는 걸음을 멈췄다. 이제 발은 아무런 감각이 없었다. 돌아갈래. 작은 발의 사람이 내렸다. 그는 돌아보지 않고 왔던 발자국 위를 짚어가며 걷는다. 큰 발자국 위에 찍히는 작은 발자국이 잘 보이지 않는다. 눈이 계속 내려 큰 발자국도 사라진다. 추위는 가장 큰 고통이다. 몸을 움츠린 채 보일러의 온도를 섬세하게 조절하고 있는 그를 생각하면 이상하게 웃기지.

추워, 라고 말하니까 그가 돌아봤을 것이다.

개들

이제는 기차가 지나가지 않는 철로를 따라 걷는다
철로를 따라 걸으며 알 수 있는 것은
철로 그렇게 누워 있다는 것뿐이다
가령, 중독은 이렇게 시작된다

화성의 오후에는
늘어진 개들이 지나가고
금속성 비가 쏟아진다

중력이 부족한 개들은 외롭지 않다
쏟아지는 빗방울을 하나하나
지켜보는 눈 속으로 기차가 쏟아진다

스크립트

우울한 S

나는 그런 사람 옆에 가고 싶지 않아요. 미안해요.

뱀파이어 J

(뾰족한 턱을 긁어댄다)

……

앤티크 가게 사장

그러니까 이제 병원에서 연락이 온다 한들 마음이 철렁하지도 않아요. 역효과만 나지 내가 진짜 어처구니가 없어요. 세상에 자기만 힘든 줄 아나?

우울한 S

그런데 그 사람 왜 그랬대요?

앤티크 가게 사장

왜 그랬는지 그 사람한테 물어보지 마요. 그 사람 폭탄이야.

우울한 S

……그러면 어떻게 했대요?

뱀파이어 J

지금 몇시지?

머리에 뒤집어쓴 상자
(그냥 말없이 돌아간다)

밤파이어 J
오래전에 나는 훌륭한 작가들과 친구였지. 그러니까 지금이 몇 년도지? 요새 작가들도 강물에 뛰어들거나 권총을 가지고 다니거나 그러나?

우울한 S
……뭐래 진짜.

앤티크 가게 사장
내가 제일 자랑스러워하는 우리 가게 물건이 뭔 줄 알아요? 이 오르골인데 뒤에 태엽을 감아서 쓰는 거야. 사람도 힘이 없으면 이렇게 태엽을 감아서 썼으면 좋겠어.

뱀파이어 J
그런데…… 죽겠다고 작정한 작가들이 나를 만나면 갑자기 차분해지더라고. 오히려 나를 위로하는 거야. 그러면서 그냥 술이나 한잔 하자고. 나는 술이 안 받는 체질이거든. 한 잔만 마셔도 취해. 내가 위로하던 사람이 갑자기 날 불쌍하게 보면 기분이 어떤 줄 알아?

우울한 S

기분 더럽죠. 네가 뭔데 나를 위로해? 그런데 초면에 왜 반말이세요?

뱀파이어 J

……

앤티크 가게 사장

……입만 열면 거짓말을 한다고 해도 그 사람 어느 날 갑자기 진실을 말할 수도 있잖아. 나는 그 사람이 그런 식으로 무서워. 오르골 속 세상이 좋다고 깨고 그 속으로 들어갈 수 없는 거잖아. 오르골은 그냥 돈 주고 사는 거야. 그게 예의야. 그래도 뭐 화가 나면 뭐라도 잡고 던져야지. 그 사람 애인은 있나?

우울한 S

애인이 있으면 살고 애인이 없으면 죽는 거예요? 애인 때문에 죽고 싶으면요?

뱀파이어 J

저기……

우울한 S

난 말이죠. 인터넷에서 유럽의 교도소 사진을 보고 깜짝 놀랐잖아요. 심장이…… 막 두근두근. 거기에서 약간 제한된 생활을 하고 싶었달까?

앤티크 가게 사장

근데 지금 몇시예요?

우울한 S

아뇨. 내 머릿속에서, 내 머릿속에서 그 정도 방을 만들어 놓고 생각들에게 제한된 생활을 주고 싶어요. 생각을 전혀 안 할 순 없고 운동도 시키고 맛이 없지만 제시간에 나오는 음식을 먹이고……

뱀파이어 J

종이는 그저 종이에 불과하오. 종이에 어떤 다른 면이나 모종의 위험이 도사리고 있다고 생각하면 곤란해. 그저 날마다 전진하는 것. 그것뿐이라오.

머리에 뒤집어쓴 상자

(점점 빠른 속도로 돌아간다)

밤파이어 J

(주섬주섬 목에 두른 붕대를 푼다) 이게 내 첫 시작이었소. 필요하면 목숨을 바쳐서라도 시간을 되돌리고 싶었는데…… 이제는 되돌려야 할 시간 자체가 사라졌소. 내 마음을 이해할 수 있겠소?

앤티크 가게 사장

그러니까 이제 그 사람이 어떻게 된다 한들 이런 이야기는 그만해요. 그 사람에게도 좋지 않아. 우리가 여기서 본인 이야기 했다고 하면 기분이 좋겠어요?

머리에 뒤집어쓴 상자

(J가풀어두고간붕대안쪽의핏자국들과알지못하게흘렀던투명한진물자국이지저분하다)

시 창작 스터디

토스트를 사먹다가 알던 선배와 마주쳤다. 다희야 내가 너 걱정돼서 하는 소린데 시 그렇게 쓰는 거 아니야. 나도 예전에 시 진짜 열심히 썼거든. 너도 알지? 나는 적당히 대답하면서 토스트를 먹는다. 오늘 점심은 차라리 굶을 것을. 굳이 먹겠다고 내려와서 선배랑 마주쳤다.

다희야 소문 들었어. 그 형이랑 왜 헤어졌어? 아니 욕하지는 말고…… 네가 사람을 소중하게 생각하지 않는 것 같아서 그래. 선배는 토스트를 먹는 입으로 자꾸 내 근황을 물어본다. 나는 선배가 그냥 토스트만 먹었으면 좋겠다고 생각한다. 그런데 난 처음부터 네가 아깝다고 생각했어. 나는 앞으로 볼 일 없으니 그냥 참자고 생각했다.

다희야 오빠가 하는 말 다 시 이야기거든. 그러니까 오해하지 마. 그리고 넌 신춘문예는 내지 마. 너랑 안 어울려. 그런데 너 만나는 남자는 있니? 난 토스트를 입에 욱여넣었다. 빨리 먹고 도망칠 생각이었다. 그래도 네가 시인이 되면 좋겠다. 너 진짜 멋있겠다. 선배는 자기 토스트를 다 먹고 나를 쳐다본다. 나는 입에 토스트가 가득 들어 있어서 아무런 대답도 하지 않는다. 너 시인 되면 어디 가서 매일 자랑할게. 시집 나오면 많이 살게. 넌 끝까지 써야 돼. 선배는 씩 웃었다. 선배는 어색하게 내 어깨를 두 번 두드리고 토스트 가게를 나갔다. 처음엔 무겁게, 나중엔 가볍게. 나는 토스트가 입에 가득 들어서 고개만 끄덕거렸다.

공기 무덤

새끼 사자 목에 목줄을 걸고 걸었다

새끼 사자는 아직 머리가 크기 전이고, 몸도 작고, 이빨이 서늘해지기 전이다

하지만 아무리 새끼라도 사자여서 나는 무서웠다

나는 새끼 사자에게 계속 먹이를 줬다 우리는 줄의 길이만큼 떨어져 걸었다

식사시간이 끝나고 다시 나를 멀뚱히 보는 새끼 사자에게서 아무것도 읽을 수 없었다

목줄은 누구의 것일까

새끼 사자가 귀엽진 않았느냐고? 물론 너무 귀여웠지 세상에 어린 것들은 모두 귀여워

흉내낼 수 없는 귀여움이라고 생각해 흉내내면 금방 들통나는 귀여움이라고 생각해

언젠가는 새끼 사자가 나보다 커지겠지 그때는 내가 먹잇감이 되지 않을까

그래도 나는 먹이를 주는 사람인데 나를 쉽게 먹진 않을 거야

나는 슬그머니 목줄을 놓았다 땅에 흙먼지가 일었다 새끼 사자는 목줄을 감고 뜯으며 장난을 쳤다 역시 귀여웠다

그때, 어미 사자가 나타났다 새끼 사자를 바라보다가 목덜미를 살짝 물어 새끼 사자를 옮긴다 나는 어미가 새끼를 죽이려는 줄 알고 놀라서 주저앉았다 새끼 사자는 그저 조용히 버둥거린다 지구에서 바라보는 노을이 지구에서 지구를 뺀 자리에 고이는 핏물 같았다

트렁크

오늘만 해도 트렁크가 두 번이나 뒤집어졌어 호텔 로비에서 어떤 남자가 트렁크 좀 보자고 했지 나는 거절했어 여기에 뭐가 있을 줄 알고 당신이 알면 깜짝 놀랄걸 엘리베이터 앞에 섰지 남자는 뒤따라와 자꾸 말을 걸어 그럼 이야기나 하자고 내가 무슨 이야기를 할 줄 알고 룸 앞까지 따라온 남자가 물어봐 나도 들어가면 안 되냐고 나는 짜증이 나서 내가 북한 여자라고 대꾸했어 구글에서 노스 코리아를 검색하라고 갑자기 내가 왜 그런 말을 했는지 나도 모르겠어

남자를 밀치고 룸으로 들어왔어 방에서 조금 쉬다가 호텔 지하 식당으로 내려갔고 거기서 그 남자를 또 봤지 다른 여자한테 또 트렁크 좀 보자고 말을 하고 있었고 그 여자는 난처하게 웃고 있었어 아시안이더군 이제 그 남자의 취향을 알 것 같았어 나는 수프와 디저트까지 나오는 정식을 주문하고 이른 저녁을 먹었어 음식은 꽤 입에 맞았고 지배인에게 가서 내일 조식을 먹을 수 있는지 물어봤지 그때까지도 그 남자는 로비에서 서성거렸어 나는 트렁크에 그를 담는 상상을 하다가 다시 방으로 올라왔지

방에는 싱글 사이즈 침대 하나 간이 탁자 하나 아주 작은 냉장고와 냉장고 위에 놓인 전기포트가 있어 간이 탁자 위에는 내가 마시다가 둔 커피가 있고 재떨이가 있어 이 호텔은 건물 전체가 금연인데 재떨이가 있네 지배인은 신중한

것일까 너그러운 것일까 생각하다가 구글 검색창에 north korea를 쳤어

밤이 깊어지고 다시 방을 나왔어 로비에는 또 그 남자가 있었지 이번에는 내가 먼저 인사하고 당당하게 그의 앞을 지나갈 생각이었어 그 남자 피곤해 보이더라 그런데도 나한테 또 트렁크를 보자고 하는 거지 내 손에는 트렁크가 없는데 살면서 노스 코리아 우먼 처음 본다고 웃더라 난 그가 불쌍해져서 컵라면이라도 사주고 싶었지만 난 돈도 없고 여기엔 한국 편의점이 없으니까 어쩔 수 없지

내가 밖으로 나가려고 하니까 남자가 앞을 가로막았어 여기는 밤 되면 너무 위험하다고 나는 갑자기 오늘 있었던 일을 털어놨어 공원 벤치에 앉아서 샌드위치를 먹고 있었는데 그사이에 소매치기를 당했다고 지갑에 사진도 있는데 너무 아깝다고 그가 날 진심으로 위로하는 거야 나는 눈물이 핑 돌았어 그가 방에 올라가서 이야기하자고 하더라 나는 삼 초 만에 눈물을 그쳤지 아임 노스 코리아 우먼 소리치고 뒤를 돌아 엘리베이터로 걸어갔어 뒤를 돌 때 얼핏 그 남자 얼굴이 십 년은 늙어 보이더라

수업 결석에 관한 사유서

저는 아주 오래된 책을 만지고 밤새 온몸에 붉은 반점이 돋았습니다 책의 내용을 떠올리려 했지만 할 수 없었습니다. 목에서 처음 시작된 붉은 반점이 얼굴로 올라오고 목 아래로 번져갔습니다.

어느새 손이 긁고 있었어요. 맹독을 가진 뱀에게 물렸을 때 어떻게 해야 하는지 알고 있습니다. 하지만 오래된 책에 물렸을 때는 어떻게 해야 하는지 알 수 없고 책에도 나와 있지 않습니다.

붉은 반점이 다른 사람에게 옮기는 것인지 알 수 없습니다. 날이 밝으면 의사를 만나겠습니다. 친구들의 얼굴이 보고 싶어요. 나 없는 학교에서 나 없는 친구들이 떠올라요. 그들이 나를 생각하면서 침울하기를 바라는 건지 괜찮기를 바라는 건지 알 수 없습니다. 나를 걱정하지 않는 친구들의 얼굴도 궁금합니다. 읽을 수 없는 붉은 반점을 세는 일은 밤이 지나가는 것도 아니고 날이 밝아오는 것도 아니었으며 이야기가 진행되어도 계속 같은 책장에만 멈춰 있는 책을 읽는 것 같습니다.

우정에서 벗어나는 기쁨이 이야기가 된다면
이 병이 수업 결석에 관한 사유로 인정받길 바랍니다

새벽 네시 삼십분의 알람

팔과 다리가 아직 깨어나지 않은 것 같다. 창문을 가린 커튼이 출렁이고. 침대 위 머리카락을 세어본다. 꽃병. 불에 구운 도자기. 불타는 꽃병. 화사한 꽃. 아직 어둠 속에 있는 화사한 꽃이 보이지 않는다. 썩지 않는 기억. 손목에 있는 머리끈. 바람 때문에 창문이 덜컹거린다. 창문을 조금 열어 놨더니 더이상 소리나지 않는다. 엄마의 새벽 기도. 아버지와 아들. 이불을 개어 침대 구석에 밀어넣었다. 침대에 앉아 멍하니 창문을 바라보면서 요가를 하자. 목을 왼쪽으로 깊게 돌려야 해. 목이 길어지는 기분으로 시선을 어깨 너머로 보내려고 노력하기. 기침소리. 깊은 숲속의 공터. 사냥꾼. 이 사이에 낀 고깃덩어리. 미세먼지 농도를 확인하고. 무지개. 오래전부터 날아온 화살. 머리카락이 앞으로 흘러내림. 스탠드 조명. 머리끈으로 세 번 돌려 머리카락을 묶는다. 두 번은 너무 헐렁해. 스팸 메일을 하나씩 지웠어. 손끝이 계속 차갑다. 오늘의 최고기온 15도 최저기온 4도. 흐리지만 어제보다 3도 높음. 손끝을 주무르며 침대에 눕는다. 팔과 다리가 다시 모아진다.

공복

때를 놓쳐 끼니와 끼니 사이에 끼니를 챙겼다. 조용한 식당에 들어가 주문을 하고 목도리를 벗어 빈 옆자리에 두었다. 혼자 온 여자 손님이 잠시 두리번거리다 내 옆 테이블에 와 앉는다. 나도 혼자 온 여자 손님이므로 그녀는 무심코 내 옆이 편하다고 느꼈을 것 같다.

숟가락과 젓가락을 나란히 놓고도 시간이 남아서 나는 목도리에 붙은 머리카락을 한 올씩 떼어 식탁 위에 올려둔다. 정전기가 일어 머리카락들은 식탁 위에 납작하게 몸을 붙인다. 조금 넘치게 따라서 흘러내리는 물처럼 시간이 남는다. 나는 냅킨을 뽑아 물을 닦는다.

25일이 지났는데 식당 구석에는 크리스마스트리가 있다. 병을 앓고 난 후 스스로가 정말 괜찮은지 알아보기 위해 천천히 달려보는 사람의 속도로 크리스마스트리에 있는 작은 알전구가 깜빡거린다. 길고 긴 국수 면발이 입안에 가득 들어찬다. 어두운 뱃속이 환해진다. 마법이 풀려 아무렇게나 늘어진 머리카락들이 구불거리다 흩어진다. 마법이 풀려 아무렇게나 늘어진 인형들의 낮잠처럼.

나는 길고 뜨거운 국수를 열심히 먹고 땀을 흘린다. 손목에 있던 검정 머리끈을 잡아당겨 머리를 높이 묶었다. 계속 땀이 흘러내린다. 계산을 하고 식당을 나와 다시 머리를 풀었다. 머리끈은 다시 얌전히 왼쪽 손목에 있다. 머리카락이 목에 닿자 목도리를 두고 온 것이 생각났다. 나왔던 길을 다시 돌아가야 한다. 어쩔 수 없이 나는 빙글 돌았다. 천천히 달리기 시작했다.

플랫폼 2

긴 사랑을 따라 걷는 발걸음이 있다
발소리가 길게 따라붙는다

홀로 걷는 사람은
자신의 발소리를 자신만 듣는다

사랑은 항상 어디쯤이어서
갑자기 발걸음을 멈추는 일이
여기가 어디인지 묻는 물음이
미궁에 빠진다

자신의 발소리를 자신만 듣는 일이
자신의 울음소리를 자신만 듣는 일과
어떻게 다른가

사랑이 휘는 것은
시간이 흐른다고 생각하는 것은
너무 긴 것에 대한 착시일 뿐이라고

어디에나 있는 사랑이 어디인지 묻는 일이
얼마나 치사한가

아무도 사랑에서 생활하지 않고

걸어오다가 문득
사라지는 사람이 있다

비만의 날들이 지나간다

3부
비는 모두를 버리고 내린다

복통으로 걸어가는

나는 유리창에 이마를 갖다댄다 많이 아프냐고 이마를 짚는 사람이 있고 왜 자꾸 아프냐고 벌컥 화를 내는 사람이 있다 두 사람은 한 사람이다 나는 이마부터 다시 자라나는 나무처럼 열꽃이 피는 나무처럼 유리에 뿌리내리고 싶다 시야가 흐려진다 무화과 열매의 배를 갈라 가지런히 놓인 꽃을 찾아낸다면 나무의 복통을 이해할 수 있을까

나는 이마로 걸어다닌다 지평선과 기차가 무엇이 다른지 기억나지 않는다 유리창은 유리창이 모르는 일을 숨기고 있으므로 유리라고 유령에게 더 쉬울 리가 없다 기억의 자식들이 기억을 낳아서 대대손손 번창할 때까지

이제 이마를 때려는데 여섯 살 난 아이가 철로 옆에 앉아 있다 지나가는 기차를 볼 요량으로 앉아 있다 기차가 지나가고 아이는 지평선을 발견한다. 저 아이가 여섯 살인 걸 내가 어떻게 알고 있을까 이마를 때려는데 이제 나는 복통으로 걸어가는 나무가 된다 지평선과 기차가 다르다고 한 사람에게 긴 고백을 시작한다

4월과 농담

강물과 바닷물이 다르다는 사실에 아랑곳하지 않고
비가 내린다

아무리 두드려도 강물은 열리지 않는다
비는 지붕을 열고 창문은 닫는다
비는 지붕을 버리고 창문을 타고 흐른다
비는 아무것도 버리지 않는다
비는 모두를 버리고 내린다 비가 내린다

만우절이니까 농담이나 할까
나는 어제도 낚시를 했어
어제 미세먼지가 가득했는데 마스크도 없이 나갔어
실은 어제 아내가 나를 죽였어
어제 장갑을 잃어버렸어
지금 내가 끼고 있는 건 장갑이 아니고
어제 아내가 나를 살렸어
아니 오늘 아내가 나를 죽였어

비가 버린 것들이 그대로 비를 맞고 있어
발끝에는 개미들이 줄지어 지나간다

대답하는 사람

굳이 여행을 갈 생각도 없으면서 호텔 예약을 알아보지 그렇게 하다보면 한두 번은 가게 되더라고 여행을 다녀오고 짐을 푸는 일은 너무 피곤해 짐을 싸는 일이랑은 다르단 말이지 물 빠진 물풍선에 다시 물을 집어넣다가 구멍을 찾아봐 별수없다는 생각이 들지

대답하는 사람보다 질문하는 사람이 유리하다는 걸 진작 알았어야 했는데
만약 질문하는 사람이 답을 정해놓고 질문을 한다면 100%
질문하는 사람이 화가 나 있다면 130%
대답하는 사람이 화가 난다면 180%
질문하는 사람과 대답하는 사람이 한때 연인이었다면 0%
(실은 마이너스를 생각하고 싶지만 나는 세상에서 마이너스라는 개념을 빼기로 했다)
질문하는 사람과 대답하는 사람이 같은 사람이라면?

십칠 년 전에 어미랑 떨어지게 된 새끼 고양이를 길거리에서 데리고 왔는데 며칠을 못 버티고 죽었어 나는 그후로 길거리에서 새끼 고양이를 만나면 새끼 고양이가 떠날 때까지 그 자리에서 못박힌 듯 서 있는 게 습관이 됐지

오래되고 슬픈 기억으로 사람을 정의하는 것도 내가 좋아

하는 결말은 아니지 나는 내가 빼버리기로 한 마이너스를 다시 가져와 생각해 질문하는 사람과 대답하는 사람이 같은 사람일 때, 대답하는 사람에게서 질문하는 사람을 빼는 것

하루종일 대답만 하는 어떤 것을 생각해봐 사람도 아니고 질문이 없는 대답만 늘어놓는 이상한 것 말이야 그것에 닿으면 모두 대답으로 바뀌는 이상한 것

나는 다음달까지 혹은 할 수 있으면 다음달에서 그다음달을 더한 날까지 그렇게 생각할 것 같아

어릴 적에 심부름을 하다가 두부를 사고 슈퍼마켓을 나오는데 집에 돌아가는 길을 잊어버렸어 왔던 길을 되돌아가기만 하면 되는데 슈퍼마켓 문을 나서서 길에 발을 딛는 순간 모든 걸 잊어버렸지 따뜻한 두부를 들고 무작정 걸어갔어

오늘 아침에 아버지 품에 안겨 있는 여자아이와 함께 엘리베이터를 탔다 멀뚱하게 있는 나에게 여자아이가 웃으면서 손인사를 했다 나는 그 순간이 끔찍하게 좋았다

아마추어

나는 밤새 내가 좋아하는 책을 읽었어 내가 말했지? 행복한 결말을 좋아해야 행복한 사람이 된다고 당신은 가끔 불행을 자초한다고 불행 속에서 행복해하는 것 같다고 하지만 나는 그게 말장난이라고 생각해

밤새 아픈 사람 옆에서 해줄 수 있는 일은 별로 없어 그래도 당신이 고열에 시달리다 눈을 떴을 때 내가 잠들어 있지 않기만을 바랄 뿐이지

당신이 이렇게 힘이 없으니까 나는 괜히 우쭐하고 어쩐지 불공평하다고 느껴 당신은 깊은 바다에 빠져 허우적거리는 것 같기도 하고 악몽을 꾸는 사람 같기도 하고 외로워 보였다가 순식간에 편해진 사람 같아 그런데 우리가 불공평하지 않은 적이 있던가

밤이 지나면 뭔가를 들킨 기분에 잠시 나를 멀리하다 고맙다고 하겠지 착하니까 세상이 전에 없이 활력을 띠겠지 친구들에게 가족들에게 직업으로 책으로 야구장으로 새벽 산책으로 아름다운 외투 속으로 복귀하겠지 물론 우린 또 아름다운 외투의 기준을 가지고 다투겠지만

실핏줄이 다 터졌네 눈동자를 가둔 붉은 그물이 물결에 따라 흔들려 나는 물고기가 혼자 떠오르기 바라는 아마추어처

럼 바라보고만 있어

검정코트의 어려움

최근에 나는 검정코트가 없다는 사실을 깨달았다 이것은 정말 깨달았다고 할 수밖에 없는데 지금껏 검정코트에 대해 생각해본 적이 없기 때문이다

친구에게 같이 검정코트를 사러 가자고 했지만 지금 자신이 입고 있는 코트가 검정코트라고 말하면서 나를 가만히 올려다본다

너도 언젠가 검정코트를 입어본 적이 있을 것이라고 친구는 말한다 나는 지금껏 검정코트에 대해 생각해본 적이 없다고 대꾸한다 검정코트는 기본이지 그런데 원래 기본을 찾기 힘들어 친구는 위로한다 아니 나는 기본이 아니라 검정코트를 사야 하는데 나는 중얼거린다

길을 건널 때 손을 번쩍 들어야 해 우리 유치원 때 다 배웠던 거야 나는 유치원 때부터 밤하늘에 떠 있는 별자리를 이해할 수 없었어 아무리 봐도 그냥 애매한 사각형 하나 있을 뿐인데 날개 달린 말이라고 우기다니

나는 친구의 검정코트의 어깨를 털어줬다 친구가 웃었다 나는 참지 못하고 페가수스가 실은 잘린 메두사의 머리에서 나온 것이라고 말해줬다 친구 얼굴에 웃음기가 가셨다 어째서 그런 이야기를 하는 거야 너 메두사랑 친해? 물어봤고 나

는 날개 달린 말을 타는 자식들은 왜 그렇게 재수없냐고 따졌다 나는 밤의 틈 사이로 친구의 얼굴과 손이 튀어나와 있는 것을 확인하고 교차로에서 헤어졌다

난 아무래도 검정코트를 사기 어려울 것 같다 내 관심사는 분명 다른 색으로 바뀔 것 같다 만일 검정코트를 입고 어두운 밤을 건너려고 한다면 위험할 것 같아 밤과 검정코트를 구별하지 못한 차가 돌진한다면 아스팔트 도로 위에 누워서 어디부터 어디까지가 나인지 깨달아야 한다면…… 나는 황급히 폰을 꺼내서 친구에게 전화를 건다

색맹

아빠는 어항을 샀다 작은 자갈을 깔고 수초도 심고 열대어를 샀다 공기 주입기를 넣어주고 조명을 틀었다

아이는 머리가 짧고 얼굴이 동그랗고 어깨가 작았다 처음 본 어른들은 쉽게 성별을 짐작하지 못했다 아이는 그저 착하다는 말을 좋아했다 착하다 다른 아이보다 착하구나 착한 아이구나 간혹 자신을 각별히 예뻐하는 어른을 만나면 조심히 관찰하기 시작했다

수초는 초록색 열대어는 파란색
어항을 앞에 두고 아빠는 색을 가르쳤다
아이는 쉽게 구별하지 못했다 수초와 물고기가 동시에 일렁인다 아빠는 아이를 조심히 관찰하기 시작했다

수초는 초록색 열대어는 파란색
아이는 중얼거린다 하지만 눈을 감으면 초록색과 파란색이 같이 흔들렸다 그래도 계속 중얼거렸다

아빠는 어두운 밤에 어항 앞에 앉아 어항을 뚫을 듯 쳐다봤다

수초는 초록색 열대어는 파란색…… 그러나
어두운 밤에는 그게 그거다

아빠는 중얼거렸다 어항은 뚫리지 않고 며칠에 며칠을 더한 날들이 지나갔다 시간이 지나면서 어항은 자연스럽게 집에서 사라졌다 하지만 열대어의 외로움은 당사자에게만 알려져 있는데 아빠는 뭘 보고 있었던 걸까 아이는 벽을 향해 돌아누웠다 텅 빈 곳이 이마에 고인다

외설이 지나가고 슬픔이 지나간다

나는 총알을 장전한다
한 발로 적을 죽일 자신이 없으므로 총이 허락하는 총알 전부가 필요하다
기껏 모든 준비를 마치고도 나는 용기가 없어서
손끝이 냉정하지 못해서
급기야 총으로 적의 뒤통수를 가격한다
비명을 지르며 총알 대신 내가 나가버린다
아니 오히려 이것은 용기 있는 행동이 아닌가
총을 쏠 용기가 없어서 더 큰 용기를 내버렸어
아, 괜히 뒤통수가 아프다 꿰맨 자국을 보여줘
이 영화에서 흉터는 통행증이 된다 동료를 만날 수도 있고 애인의 죽음 앞에서는
면죄부가 되기도 하지

아주 가까이

이 영화 속에서 나는 언제 울게 될까 외설이 지나가고 슬픔이 지나간다
내내 조용하던 거울은
깨질 때
최대치의
비명을
지른다

뒤로 감기

옷을 벗는 일과 입는 일이 다르지 않아서
들어오는 사람과 나가는 사람이 같아서
침묵이 다시 비명을 수습하고
용기에 용기를 덮어쓴 나는 적의 뒤통수를 피해 달아나기 시작한다
적을 똑바로 노려보면서 뒷걸음질친다
나는 내가 멈췄다는 환영과 함께 걷는다
적의 뒤통수가 말라간다
더이상 심장이 두근거리는 소리를 들을 수 없다

멀리서

두 사람이 함께 거울을 본다면
한 명은 먼저 고개를 돌리고 만다

행진

나는 꽤 나른한 상태였다 사람들과 점심으로 해물찜을 나눠 먹고 식당 앞에서 헤어졌다 햇빛이 좋았고 거리가 환하게 하나로 보였다

앞에는 어떤 남자가 걸어가고 있었다 초여름에 그는 외투를 입고 있었다
긴 외투 자락이 바닥에 끌리고 있었다 남자의 키보다 외투가 더 길었다
그는 휘청이는 발걸음으로 거리를 걸어가고 있었다

거리에는 그와 나밖에 없었다
햇빛이 좋았고 거리가 환하게 하나로 보였고 조용했다
이 세상의 사람들은 모두 건물로 들어가버린 것 같았다
나는 조금 천천히 걷기 시작했다

그는 휘청이는 발걸음으로 거리를 하나로 만들고 있었다
걷던 그가 벤치 앞에 멈췄다 일회용 플라스틱 컵을 들었다
오래전에 녹아버렸을, 탁한 음료가 조금 남아 있었다
그가 주변을 두리번거리다가 그대로 한 모금 마시는데
일회용 플라스틱 컵이 햇빛을 받아 반짝인다

나는 이 거리에 그와 나밖에 없다는 사실에 안도했다
이 세상 사람들이 모두 건물로 들어가버린 것같이 아무

도 없어서
차라리 다행이었다

그는 또 휘청거리며 갈 길을 갔고 나는 그 자리에서 잠시 멈췄다
그는 혼잣말을 중얼거리는 듯했다 혼자 말하고 혼자 웃었다

어제의 햇빛과 오늘의 햇빛을 구별하기 어렵다
어제와 오늘이 만날 수 없다니
겨우 다른 날이라니
아주 오래된 농담이 웃는 것 같았다

문 앞에서

계십니까.
나를 안으로 들여보내주세요.
이 문은 나무로 만들어졌군요.
손끝으로 나뭇결을 따라가다보면
비닐봉지를 든 할머니가 가만히 기대어 있다.
할머니가 기억하는 것은 젊은 시절이 아니라 젊은 시절에 마주쳤던 너구리.
그녀는 길을 걷다가 우연히 마주친 너구리를 기억한다.

작은 열매같이 단단하고 까만 눈이 그녀를 지나쳐 할머니에게 가닿는다.
할머니는 두리번거린다.
너구리가 자신을 보고 그냥 지나쳤다는 것이 이상했다.
피하지도 않고 그저 보고 지나쳤다는 것이 아직도 이해가 되질 않는다.
할머니는 계속 놀라는 중이다. 왜 이런 기억이 끝까지 남아 있는지도 알 수 없다.

비닐봉지가 손에서 바스락거린다. 음식이 식기 전에 안으로 들어가야 하는데, 아직 안에서 대답이 없다.

바닥이 되는 것에 실패한 문이
나를 오래 세워두고 벌을 주는 것일지도 모른다.

오래 서 있으면 피가 몰리는 방향과 창백해지는 방향이 나를
나눠 갖고.

계십니까. 내가 두드릴 때
문과 나무가 서로를 알아차린다. 지나치지도 않고 피할 수도 없다.

모래시계 장난

나의 폴란드 친구 피터. 폴란드 이름을 발음하기 어렵다고 하니까 피터는 자신을 피터라고 부르라 했다. 우리는 피터로 합의를 봤다. 내 이름을 말해주니까 피터는 난색을 표한다. 자신이 싫어하는 단어와 내 이름이 비슷하다는 것이다. 나는 억울했다. 내 이름이 얼마나 좋은 뜻인데. 나는 친절히 한자로 내 이름을 풀이해주려다가 말았다. 그럼 넌 날 뭐라고 부를 거야? 내게 영어 이름을 지어줄 거야? 그러다 우리가 헤어지면 너는 날 영어 이름으로 그리워할 거니. 그건 좀 슬픈데. 피터는 내 한국말을 알아듣지도 못하면서 고개를 끄덕거린다. 뭘 안다고 고개를 끄덕거려. 멍청이 같은 피터. 왜 우리는 대화를 나누면 둘 다 멍청해지는 걸까. 둘 다 어색한 영어로 띄엄띄엄 나누는 대화가 좋아. 술에서 깨면 내용은 기억 못해도 우리가 대화를 나눴다는 사실은 기억날 거 같아. 그것도 나쁘지 않지. 알아듣지도 못하는 피터 앞에서 나는 한국말로 중얼거려. 그때는 정말 슬펐어. 혼자 많이 울었지. 지금이라고 다 괜찮아진 건 아니야. 그렇지, 피터? 나는 왜 좋아하는 사람이 생기면 시간을 거꾸로 짚어 갈까. 머릿속에서는 어려진 시간이 나를 업고 이리저리 바쁘게 뛰어다닌다. 그런데, 있지, 내 눈에는 서양인들이 다 똑같이 생겼어. 내일 네가 다른 서양인들과 섞여 있다면 난 너를 알아볼 수 있을까. 매일매일 너를 발견해야만 할까. 그건 너무 피곤한 일 아닐까. 모래시계 장난으로도 벌써 시간이 흘러가고 있어.

눈에는 눈

차를 갓길에 세워두고 걸어간다
이렇게 눈이 많이 오는 날은 싫어…… 운전하기도 힘들고
이런저런 하소연을 덮으면서 눈이 내린다 눈은 말보다 침묵에 가까워진다

흰 눈밭을 힘들게 걸어가는 사람은 다리가 아파오지만 눈밭을 망치고 있다는 남모를 기쁨을 느낀다

눈사람에게 질문을 하고 대답을 들었다고 생각하는 사람의 청각 속에서 날씨의 모서리가 무너진다 조금씩 눈이 녹아 흐르는 소리가 들린다

걷고, 계속 걸어도 그림 속으로 들어갈 수 없다는 사실을 알게 된다

헹가래

내 몸을 들어주세요.

땅에서 멀어지는데 이렇게 많은 손이 필요하다니.
손들이여 몸을 나누어 들어주세요.

가까워지는 것 같습니다.
여기서 보는 하늘은 조금 다르군요.

다리의 쓰임부터 반성합니다.
두서가 없어집니다.
겉과 속이 나란합니다.

하늘만 보고 있으면
하늘이 무엇인지 잊어버립니다.

손들 중 하나가 기분이 좋으냐고 물어오면
기분이 무엇인지 묻겠습니다.

별안간 날아오는 따귀 같은
그 쓴소리를 듣겠습니까.
그 손도
손이군요.

나를 들어올려주세요. 제가 받겠습니다.

나무가 있는 초상화

나무는 나무가 아닌 것들을 갖지 않으려 한다 겨울날 우리는 나무들 속에서 나무를 찾아냈다 결대로 내려앉는 눈을 정성껏 털어주었다 나무들의 지옥에서 나무를 건져냈다

나무의 끝을 보고 싶어
알 수 없는 곳을 정확히
아프게 찌르는 가지를 보고 싶어

자연이 풍경을 닮아간다는 소문이 돌고
봄이 왔다
나무를 찾아낼 수 없었다

한 나무에서 갈라진 가지처럼
모으는 법이 없는 왼손과 오른손처럼
우리는 말이 없다

나무가 하나, 그 옆에 둘, 그리고 셋……
이것은 너무 쉬운 일이다
나무가 하나, 그 옆에 하나
그리고 하나
이것은 숲에 불을 지르는 일이다

너는 가지들을 모아 손에 쥐여준다

이게 끝이냐고
이제 끝이냐고

나무의 끝을 안고 숲에 서 있었다
숲은 이렇게 타는데 나무는 타지 않았다

4부

처음을 두 번 할 수 있을까

마음이 사라지지 않아서 1

우리 열 명의 사람이 줄지어 걸어간다
긴 대열이 만들어졌다
왜 하필 열 명인가?
당장 눈에 보이는 사람이 열 명이다
세번째 사람은 앞이 보이지 않는다고 투덜댄다
우리는 모두 걷는 자세가 달라서 이렇게 계속 줄을 지어 걷는다면 앞이 보이지 않을 것이다
세번째 사람의 불평에 네번째 사람은 앞에서 오는 전달 사항이 들리지 않는다
다섯번째 사람은 세번째 사람보다 앞서 있다
열 명의 사람이 걸어간다 오래전 알았던 동네를 지나간다
변한 것이 없는 동네에 놀라면서 놀라지 않으면서

우리 열 명의 사람이 우리의 재능으로
누군가는 미래에 있었고 누군가는 아프기 시작했으며 누군가는 질투심을 사용했다
하나의 꽃이 피기도 하고 지기도 한다는 것을 영영 이해하지 못하듯 걸었다

누군가 바다를 한 번도 본 적 없다는 사실을 수줍게 고백했다 우리 열 명의 사람은 바다로 갔다 수줍은 사람은 바다를 앞에 두고 잠시 말이 없었고 우리는 그의 감동까지 더해져 그날의 바다를 아름답게 느꼈는데, 수줍은 사람은 바다

를 무서워했다 수줍은 사람은 무서워하는 사람이 됐다

힙스터들은 모든 벽이 하얗고 좋은 방에 들어가
LP를 듣는다 그들의 귀에서 울려퍼지는 음악이 유일한 해결책으로 보여
길고 매끄러운 손으로 음악을 고르지

바깥세상을 모두 참견하고 나서야 자기 집 담벼락을 고치게 된 사람이 있어 낙서를 하는 사람들에 대해 이제는 진심으로 화를 내지 않지
어떤 문장은 해고하면서 어떤 문장은 다듬으면서 미안, 세상을 모두 이해했는데
당신을 이해할 수 없었다 낙서를 지우며 혼잣말을 중얼거리지

새벽에 부스스 일어나 거실 소파에 앉아 있으면 생각의 관절들은 오래된 집처럼 삐걱거리고
머리 위 높은 천장 선반으로 손을 뻗어 더듬거린다 얇게 깔린 먼지 속에서
작고 차가운 것이 손끝에 닿을 때

우리 열 명의 사람은 오래전 알았던 동네를 지나간다
나이가 들면 괜찮을 것 같아, 나이가 들어서 다시 돌아

— 오자

그때 우리는 이 동네가 마음에 들 것이다

—

마음이 사라지지 않아서—카페에서

그녀는 빨대로 얼음을 저었다. 얼음은 요란한 소리를 내며 유리잔 안을 돌아다녔다. 커피를 다 마셔도 아직 남아 있는 얼음을 보며, 물에서 얼음까지 가는 시간을 생각했다.

카페 안 조명은 밝지 않았다. 큰 도로와 가까워 이따금 지나가는 자동차의 불빛에 의해 환해졌다가 어두워지기를 반복했다. 가져온 책을 읽기에는 어두운 공간이었다. 그녀는 책을 포기하고 의자 등받이에 몸을 기댔다. 예상치 못하게 쿠션이 있어서 등을 받쳐주었다. 분명 처음 와본 카페인데 언젠가 한 번쯤 왔던 곳 같다. 의미 없이 유리잔을 잡고 돌렸다. 남아 있던 커피가 유리잔 내부를 타고 흘렀다. 등뒤에 있던 쿠션을 빼서 탁자 위에 올렸다.

큰 도로에 트럭이 지나가자 쿠션의 그림자가 과장되어 나타났다 사라졌다. 이 카페의 인테리어는 큰 도로를 지나가는 자동차들의 그림자였다. 쿠션 위에 얼굴을 파묻자 머리카락이 쏟아졌다. 완전한 어둠이었다.

그래도 그녀는 자신의 뒷모습을 상상할 수 있었다. 이런 나르시시즘으로 작은 위로가 되었다. 가끔씩 환해지는 통유리가 영화관의 조건과 비슷하다고 생각했다. 그녀가 뒷모습을 상상할 수 있는 것이 그녀의 탓인지 그녀의 능력인지 알 수 없다. 완전한 어둠은 아니었다.

그녀는 입안에 얼음을 넣고 녹이기 시작했다. 얼음이 녹는데도 시간이 걸린다니. 지겨워질 때까지 입안에 얼음을 넣고 굴릴 수 있다면. 얼음이 녹아버리거나 입안이 시리지 않을 수 있다면. 벌떡 일어나 가방을 챙겼다. 그녀는 시간에 빠지지 않기 위해 카페를 나와 큰 도로로 걸어나왔다. 아까부터 한두 방울씩 내리던 비가 굵어지고 있었다.

큰 도로에 온통 그림자가 낮게 깔려 있었다. 가방 안에 있던 책을 만지작거렸다.

마음이 사라지지 않아서 3

그녀는 자꾸만 들러붙는 옷을 떼어내느라 손이 바빴다.
엘리베이터 앞에 서자 센서등이 들어왔다.
그녀는 가만히 있었다.

몇 초가 지나 센서등이 꺼지고
어둠이 달려들었다.

무서워졌고
그녀는 왼쪽으로 한 걸음 옮겨 다시 센서등이 들어오게 했다.
엘리베이터는 이제 거의 지상에 도착했다.

마음이 사라지지 않아서—두 개의 붉은 줄

그녀는 집에 들어가자마자 가방을 내려놓고 셔츠를 들어 올렸다. 집에 도착하기 전에 비가 많이 내렸고, 달리기에는 가방이 무거웠다. 얇은 리넨 셔츠는 피부에 달라붙어 잘 떨어지지 않았다. 셔츠를 벗고 나머지도 벗었다. 그녀가 빠져나가자 옷은 작고 납작해졌다. 방금 전까지 그녀를 감쌌던 옷은 허름해 보였다. 옷은 벌써 그녀를 잊은 듯했다. 아침에 벗어둔 잠옷을 침대 옆에서 찾아 젖은 옷들과 한데 모았다. 모두 같은 세탁기에 돌려질 참이었다.

거울 앞을 지날 때 그녀는 자신의 알몸을 힐끗 쳐다봤다. 거울이 더러웠다. 거울을 닦아내면서 무엇인가 발견했다. 가슴 바로 아래를 지나는 줄과 배꼽을 가로지르는 줄을 발견했다. 가슴 바로 아래의 줄은 브래지어 자국이었고 배꼽을 가로지르는 줄은 벨트 자국이었다. 그녀는 지금껏 두 개의 붉은 줄로 삼등분 되고 있었던 것이다. 언제부터 생긴 것인지 알 수 없었다. 그녀는 뜨거운 욕조에 앉아 한참을 생각했다.

한번 깨진 거울은 다시 깨질 수 없고 그녀의 피부는 부드러워서 깨진 거울에 찔리면 피가 날 것이다. 거울이 깨진 경험에서 거울을 빼면 어떻게 될까. 거울이 없이도 거울이 깨질 수 있을까. 처음을 두 번 할 수 있을까.

그녀는 깍지를 끼고 손바닥을 뒤집어 위로 들어올렸다. 손바닥이 하얗게 변했다. 두 개의 붉은 줄이 벌어질 수 있는 한계까지 벌어지다가 이내 제자리로 돌아왔다.

마음이 사라지지 않아서—목요일 저녁에

그녀는 종종 두 시간 삼십 분이 넘는 지루한 영화를 찾아 다녔다. 외국어가 필요했다. 눈을 감고 알아들을 수 없는 말에 귀를 놓아두었다. 해변에 있는 돌처럼 귀가 서서히 마모되는 것을 느꼈다. 알아들을 수 없는 말들이 파도쳤다. 물그림자로 그녀 자신의 얼굴이 보였다. 어젯밤에는 조카와 놀았다. 아직 초등학교에 들어가기 전의 아이와 초등학교에 대해 떠들었다. 아이는 옆에 누운 그녀에게 산타가 정말 없냐고 물었다.

아이는 진지했다. 초등학교에 가서 놀림받고 싶지 않다고 했다. 옆에 누운 그녀의 표정과 감정을 놓치지 않겠다는 듯 아이의 눈동자는 그녀에게 고정되었다. 그녀는 어젯밤 물을 마시러 거실에 나왔고, 때마침 방문중이었던 산타와 마주쳤다. 그녀는 놀라서 비명을 질렀지만 진짜로 비명을 지르진 못했다. 비명은 잠을 통과하면서 잠꼬대로 바뀌었다. 그녀의 집에는 굴뚝이 없었다.

그녀는 영화관을 나왔다. 그녀의 눈이 햇빛에 가늘어졌다. 잠시 가만히 서 있었다. 빛은 그녀를 배려하지 않았고, 그녀는 그것이 마음에 들었다. 오래전부터 이렇게 놓여 있기를 바랐던 것 같았다. 그녀는 눈을 감고 아이는 감지 않았다. 그녀가 눈을 감자 아이의 눈동자가 떠올랐다. 파도가 치면 나란히 휩쓸리는 돌들처럼 잘그락거렸다.

그녀는 영화관을 나와서 집까지 걸어가는 동안 꼭대기 층이 구름에 감긴 것 같은 아파트를 올려다봤다. 아파트 단지 내에서 희미한 울음소리가 들렸다. 아기가 우는 소리인지, 고양이가 우는 소리인지 구분하기 어려웠다. 아기도 아니고 고양이도 아닌 것이 소리를 내는 것인지도 몰랐다. 마주본 아파트는 그녀의 보폭에 의해 가까워지다가 다시 멀어졌고 그녀가 아파트 단지를 벗어나자 그대로 고정되어 움직이지 않았다.

마음이 사라지지 않아서 6

아침부터 저녁밥을 생각해도 정작 엉뚱한 음식을 먹게 되는 날이었다. 엉뚱한 카레를 앞에 두고. 엉뚱하고 다 식어가는 카레를 앞에 두고. 열 명이 갔다가 한 명만 돌아오는 날이었다. 오지 않는 아홉을 기다리는 저녁이었다.

그녀는 그녀보다 더 그녀 같은 사람과 대화하고 싶었다. 그가 자신을 설득해준다면, 그녀는 더 긴 시간을 들여 그를 설득할 것이다. 손등에 떨어지는 마지막 햇빛을 쳐다보면서, 가끔 물을 마시고, 이해할 수 없다고 고개를 젓고, 뜨거운 침을 삼키면서.

우리가, 이렇게, 어떻게
우리가, 이렇게, 어떻게

마음이 사라지지 않아서—한 개의 붉은 줄

그녀는 평소에 아주 일정한 목소리로 말했다. 어떤 것도 특별해 보이지 않기 위해. 그녀만의 정책이었다.

더군다나 이것은 진심을 말하기에도 아주 편했다. 높낮이가 없는 평이한 말투로 진심을 이야기하면 사람들은 거부감을 갖지 않았다. 그녀의 마음도 편했다.

행렬에 맞춰 줄을 선 내 아이를 누군가 칭찬할 때, 그 아이가 내 아이라는 것을 모르는 사람과 즐겁게 대화할 때 느낄 수 있는 감정이었다. 그 아이가 내 아이라고 절대 말하지 않으면서.

마음이 사라지지 않아서—옆사람의 옆얼굴

침묵에 어떤 요점이 있는지 그녀 스스로도 알기 어려웠다. 사람들은 호기심으로 그녀에게 어디서 왔는지 물어보지만, 문득 잠에서 깨어 침대에 걸터앉아 이렇게 묻는다.

그녀는 누구지?

갑작스러운 질문으로 옆사람을 깨울 수 없어 다시 눕겠지. 가벼운 죄책감으로 옆사람의 옆얼굴을 쳐다보겠지. 옆사람이 처음보다 조금 말랐다는 생각을 하면서. 다시, 눈을 감겠지.

마음이 사라지지 않아서—조금 센치한

여기까지 온 당신에게 줄자를 하나 줄게. 어떤 깊이도 잴 수 있는 줄자를. 너무 깊어서 어두워 보이는 것들에 대해 이제 걱정할 필요가 없지. 어떤 어둠도 잴 수 있는 줄자가 있어.

당신이 나뭇잎 한 장 어둠을 가지고 있다면 그래서 떨어지는 나뭇잎들을 멍하니 쳐다보게 된다면.

나뭇잎이 쌓인 거리를 걸어갈 때 애인과 당신이 다른 기분에 휩싸인다면.

애인이 당신을 알아주지 않아서 내심 안도한다면.

밥도 지어먹고 잠도 같이 자는데 당신의 나뭇잎 한 장 어둠에 조금도 변동이 없다면.

밥도 지어먹고 잠도 같이 자는 사람이 바뀌어도 나뭇잎 한 장 흔들리지 않는다면?

줄자로 당신 옆을 말없이 지나갔던 나뭇잎들을 재볼 수도 있겠지. 풍족하게. 아주 평평하게. 단추를 눌러 줄자를 감아도 돼. 줄자를 가지고 있으면 당신이 시작이니까.

나뭇잎 떨어지는 게 아름답다고 말할 것 같은 애인에게.

오늘은 그만하자고 말해야지. 밥을 다 먹어도 잊어버리지 말아야지.

당신은 이렇게 생각했지. 때맞춰 나오는 눈물에 묻어서 먼 곳까지 가야지.

전속력으로 돌아오는 줄자의 진동이 당신 왼손에서 계속 요동치게.

요동치게.

줄자의 끝이 어둠 속을 헤치면서 당신의 왼손을 찾고 있어. 전속력으로.*

그래도 당신 우니까 계속 울어보니까 슬퍼졌지.
겨우 벌어진 틈으로 뭐가 보여?

* 깨끗이 닦아낸 바닥 위를 미끄러지지 않으려고 조심히 걸어갈 때 생각하지. 더러운 마음은 어디에 있을까. 어디에 숨겨두었을까. 숨겨졌을까.

마음이 사라지지 않아서 10

나는 울퉁불퉁한 오르막길을 올라갔다
올라갈수록 지평선은 낮아져갔다 배꼽에서 배꼽 아래로 무릎으로
지평선이 발목에서 끓고 있었다
교회의 십자가가 보이고 다음에는 다리가 보였다 테니스 경기장에서는 두 명의 선수가 보였다 두 명의 선수가 인형같이 작아 보였다 나는 눈으로 공을 좇으며 조심히 오르막길을 올라갔다
뒤를 돌아보니 열에 아홉이 올라오고 있었다 아주 낮은 곳에서 머리들이 보였다
나는 반가웠다 어떻게 날 알아봤냐고 보고 싶었다고 말할 작정이었다 그들이 두런두런 대화 나누는 소리가 들렸다
그리고 마침내 그들은 나를 그냥 스쳐지나갔다
잠시 우리가 열 명이 되던 순간에도 그들은 대화를 멈추지 않았다
그들은 계속 언덕을 올라가고 나는 그들의 뒷모습을 멍하니 쳐다봤다

아무리 둘러봐도 꽃이 없는데 어디선가 실려 온 꽃잎들이 내 운동화 밑에 조용히 눌려 있었다 나는 발을 뗐고 꽃잎들이 다시 어디론가 실려갔다

이제 진짜로 끝내, 너무 지겨워. 할 수 있는 말을 다 내뱉

고 문을 있는 힘껏 닫는다 당신에 대한 나의 실망과 분노를 들려주려는 듯이

문을 닫고 밖으로 나가자 다시 눈앞에 펼쳐지는 실내에서 나의 실망과 분노를 받아낸 당신이 손에 얼굴을 묻을 때 나는 내가 단 한 번도 끝내자는 말을 한 적 없다는 사실을 떠올렸다

테니스공이 라켓에 부딪치는 소리가 울린다 테니스공은 선을 넘으며 부단히 움직인다 두 명의 선수가 공에 매달린 인형처럼 뛰어다닌다 나는 두 명의 선수가 아주 예쁘고 하얀 인형 같다고 생각한다

해설

우리가 우리로서 정확해질 때
—이다희의 시, 내 몸속에 우글우글한 내계인 보고서

신용목(시인)

객석의 시

이 시집에는 안식일의 알리바이가 없다. 예술을 통해 그 자신 창조주가 되고자 했던 이들에게 '시 세계'는 자주 알리바이가 되어 일상의 시간을 지우고 일요일을 독차지한다. 그래서 시는 곧잘 삶에 견주어 설명되면서도 결정적인 순간에 삶과 무관해져버리곤 했다. 우리는 인간이 각자 고유한 삶을 가졌다는 것을 안다. 하지만 삶을 알리바이로 사용하지는 않는다. 삶이 실체라서가 아니라 우리 삶 전체가 알 수 없는 이유들로 가득찬 알리바이 같은 것이기에. 만약 알리바이를 알리바이로 가리는 일을 '시 세계'로 설명한다면, 시는 끝내 일상 속으로 돌아가지 못할 것이다. 무대 위에 화려하게 펼쳐진 언어 앞에서 박수를 치고 나면 일요일이 끝날 뿐이다.

시가 읽는 이의 시간에 개입하는 것이기에 하는 말이다. 시는 시간을 그저 흘러가게 만들어도 좋다. 그러나 시간을 속여서는 안 된다. 사실 그 진의를 파악하기는 생각보다 어렵지 않다. 어느 순간 읽던 시를 내려놓았을 때, 지속되는 삶을 통해서 우리는 그 시가 우리에게 준 시간이 무엇이었는지 얼마간 되물을 수 있기 때문이다. 무대를 향해 쏟아지는 조명이 닿지 않는 자리에 남는 말들. 암전 가운데에도 어디서 흘러왔는지 모를 빛이 눈가에 맺히는 순간과 무대보다 더 많은 사건들이 일어나는 한 사람 한 사람의 객석과 드디어 불이 켜졌을 때, 이편과 저편을 가르며 떨어지는 커튼 주름을 일상의 시간으로 펼치며 이 시들은 시작된다.

하루하루의 현기증이 조금씩 깊어진 자리에서

이다희의 목소리는 징검돌을 건너뛰는 하얀 발처럼, 꼭 그만큼의 알 수 없는 순간 위에 받쳐져 있다. 존재의 중력이 오직 작은 돌 위에 멈출 때, 실존은 소용돌이를 만들며 물살을 타고 멀어져간다. 순간은 돌처럼 단단하고 사건은 물처럼 속절없다. 우리는 그 순간에서 빠져나와 다음 징검돌을 향해 힘껏 뛰어야 한다고 믿는다. 건너편. 인생이 거기 있어서가 아니라 인생은 여기서 저기로 건너가는 것이어서. 그러나 뛰고 뛰고 뛰어도 건너편이 나타나지 않는다면, 건너편을 자욱한 안개 너머에 남겨놓고, 물 가운데 둥글게 놓인 징검돌을 따라 우리가 빙빙 돌고 있는 것이라면, 순간이야말로 가장 큰 사건이 아니냐고, 소용없이 그러나 포기하지 않고 말하는 목소리.

인생이라고 믿었던 것들이 결국 저편에 대한 알리바이에 지나지 않는다는 것을 아는 자에게 사건에 연속성을 부여하는 인과의 의미는 빈약하기 짝이 없는 것이다. 그의 문장 앞에 도착했을 때 어떤 세계도 확고하지 못하고 어떤 신념도 승인받지 못하는 이유는, 그가 세계와 신념의 틈을 최대한 벌려놓는 글쓰기를 하고 있기 때문이다. 급기야 그 벌어진 틈이 벌려진 대상을 삼키는 역전이 발생하더라도 우리는 그다지 이상하다고 느끼지 못한다. 그의 감각적인 문장이 순간의 논리로 이어진 징검다리 위에서 한 번도 미끄러지지 않고 인식의 지평을 가로지르고 있기에. 하여 모종의 순간이 어떤 사건에 종속되어 있는 흔한 경우와 달리, 이다희 시의 사건들은 알 수 없는 순간에 종사하고 있는 것처럼 보인다. 이 역전으로 인해, 세계는 오랜 시간 강고하게 지켜왔던 자신의 고유성을 망가뜨리고 스스로 부랑자가 되어 떠돈다. 말하자면 사랑이라는 것에, 인생이라는 것에, 예고도 질서도 없이 침범하는 그 '순간'은 알리바이 이전이거나 알리바이에 뚫려 있는 구멍 같은 것이다. 그 구멍을 들여다보는 시간이 무엇인지 우리는 아직 모른다. 다만 이다희에게, 그것은 '시'이다.

이다희의 첫 시를 읽고 나는 꽤 긴 메모를 남겼다. 도움이 될 것 같아 몇몇 문장만 고쳐 아래에 옮겨본다. 발표한 적 없는 글이라 본문으로 넣어도 좋겠으나 다시 인용하는 것은 처음 읽었을 때의 느낌 때문이고, 그보다는 이 메모의 용적이 이다희 시의 전모를 담아내기엔 턱없이 부족하다는 것을 이제 알기 때문이다.

어떤 시는 따뜻하게 감싸주고 어떤 시는 날카롭게 베고 간다. 그 사이 찌르거나 튀어오르는 혹은 안아주고 다독이는 시들은 우리를 다른 곳으로 이끌곤 했다. 잊히지 않는다. 어느 순간 마음의 두꺼비집을 올려 치렁치렁한 핏줄을 환하게 밝히던 밤의 환희와 맑은 고통, 미래라는 벽을 허물며 도착하는 미지의 목소리까지. 한 가로등을 지나 다음 가로등 앞에 서듯이 우리는 매번 새로운 시들을 맞았다. 대개는 그랬다. 텅 빈 의미를 건조한 일상으로 보여주는 시에 대해 끄덕일 때에도, 우리는 무던히 반짝이는 언어의 불빛 아래를 지나가는 중이었다. 지나가, 시간의 뒤편을 밝히며 또다른 야경이 되는 시들. 그 광경은 마치 세계의 거의 모든 곳을 지나 외계까지 다다랐다가 다시 이 세계에 떨어진 알갱이들 같아서, 거기에서 무엇이 터져나와도 이상할 게 없었다.

그런데 이상했다. 아무데도 간 적 없는 시, 아니 가려 하지 않는 시. 뒤집고 가르고 지우며 기묘하게, 발랄하게 채워진 언어들 가운데 맞닥뜨린 이다희의 시 앞에서 나는 그만 맥이 탁 풀려버렸다. 그럴싸한 말을 고르거나 벼렸다고 할 수도 없고 무의미한 기약을 남기지도 않았다. 애초부터 그런 욕망이 없었다고 해야 할 것이다. 온통 미지로 향하는 가로등 옆에 가로수처럼 서 있는 시. 무언가 터져나오기보다는 되레 고요 속에 가두는 시. 그러나 진짜 이상한 일은 여기서부터다. 그의 낮은 독백이 좀처럼 시간의 뒤편으로 물러나 야경이 되지 않는 것이다. 그리고 마침내, 나를 시간의 루프 속에 가두고 그 순간을 반복하게 만드는 것이다. 골목을 가둔 집이거나 시간을 삼킨 시계처럼 말이다. 가로등으로는 닿을 수 없는 길에서 돌고 있는 가로수의 계절처럼 말이다.

상실된 영원이 육체에 기입된 것이 지각의 순간이고, 상실된 육체의 순간이 인식의 표면에 기입된 것이 영원이라면, 영원과 순간이 그에게만 특별한 감각을 열어주었을 리는 없다. 다만, 많은 시인들이 외부로 향하는 시적 신념의 새로운 경로를 닦으려 하거나 생경한 언어를 얻으려는 천진한 열망으로 그 순간을 채울 때, 이다희의 목소리는 나지막한 고백을 통해 잡을 수 없는 것들 뒤의 허무를 겨우 면할 뿐이다. 그것으로 메마른 삶의 열망과 갈구가 해소되는 것도 아니다. 말하자면 그는 시를 시인의 도구로 사용할 생각이 처음부터 없어 보인다. 시에 눈이 있을 리 없으니, 아마도 시의 정령이 그것을 알아보았을지도 모른다. 시가 시인을 도구로 사용하는 듯한 느낌을 주니까 말이다. 하루하루의 현기증이 조금씩 깊어지는 자리에서 어렵사리 풀어낸 고백의 긴 줄이, 몸의 바닥에 잠겨 있는 것들을 끌어올리는 것은 바로 그 때문일 것이다.

시 속에서 매번 다시 쓰여지는 일

조용히 눈을 떠요. 눈을 뜰 때에는 조용히 뜹니다. 눈꺼풀이 하는 일은 소란스럽지 않아요. 물건들이 어렴풋한 덩어리로 보이기 시작합니다. 눈길로 오래 더듬으면 덩어리에 날이 생기죠. 나는 물건들과의 이러한 친교에 순응하는 편입니다.

벽에 붙은 선반에 대하여
나에게 선반은 평평하지만 선반 입장에서는
필사의 직립(直立)이 아니겠습니까?

옆집에서는 담을 높이는 공사가 한창입니다. 점점 높아지는 담에 대하여, 시멘트가 채 마르기 전에 누군가 적어놓는 이름에 대하여. 며칠째, 습한 날씨가 계속되고 투명한 문신 같은 이름이 피부에 내려앉습니다.

피부가 세상에 가장 먼저 나가는 마중이라면 나는 이 마중에 실패하는 기분이 듭니다. 나는 이 습기에 순응합니다.

하지만 만약 손에 닿지도 않은 컵이 미끄러진다면 컵을 믿겠습니까? 미끄러짐을 믿겠습니까?

유일한 목격자로서 이 비밀을 어떻게 옮겨놓을 수 있을까요. 도대체 이 습기는 누구의 이름입니까.

눈꺼풀을 닫아도 닫아지지 않는 눈이
내가 사라지고도 내 곁을 지키는 잠이
오래 나를 지켜봅니다.

—「백색소음」 전문

잠에서 깨어나 눈을 뜨고 사물을 포착하는 과정을 쉽게 따라갈 수 있을 것이다. 강렬한 언술로 대상을 장악하지도, 엇나간 전개를 통해 시선을 교란하지도, 매력적인 표현을 위해 스스로를 위장하지도 않는다. 그냥 그렇다고 말하는 듯하다. "나는 물건들과의 이러한 친교에 순응하는 편"이라는 고백에는 도발의 욕망이 보이지 않는다. 그렇다고 이 시가 아무 일도 안 하고 있는 것은 아니다. 도발이 없지만 도피도 없기 때문에, 이 시는 그로써 우리를 우리가 있던 자리에 남겨놓는다. 길이 끝나지 않아도 가로수가 그 자리에서 나무로 남듯이 말이다. 무슨 말인가. 가로수는 처음부터 나무였다. 우리는 가로등을 따라 달리거나 비틀어 허공을 비출 줄은 알았지만 가로수를 나무로 남길 줄은 몰랐다. 말하자면 이 시는 '작품은 물건 속으로 사라지는 것을 나타나게 한다'는 모리스 블랑쇼의 말*에 대한 증거이다. 즉, 시는 모험으로 가득찬 미지나 외계에 있는 것이 아니라 세계의 질서를 정지시킴으로써 사물이 온전히 그 실체를 드러내는 '순간'이므로, 언제나 그 순간의 "깊이 위에 나타난 모습은 열려지고, 다시 닫힌다"**.

그때, 이 놀라울 것 없는 일들은 일제히 정확한 일들이 된다. 아침에 눈을 떠 사물이 포착되는 과정을 섬세하게 따라감으로써, 그 과정을 '친교'라고 말하고 그에 '순응'한다고 말함으로써, 세계와 나의 일상적인 관계 뒤에 도사리고 있는 알리바이의 실체들이 한꺼번에 깨어나기 때문이다. 다음 연에서 선반을 묘사하는 일을 통해, 가만히 누워 있는 자세가 사실은 필사적인 생의 순간임을 우리에게 승인하게 만드는 것도, 그다음 연에서 '담'과 '시멘트'와 '피부'의 일을 겹쳐놓음으로써, 세계와 나의 경계에 대한 감각을 살려내고 거기에 필연성을 부여하는 것도 바로 그 실체를 소환하는 '순간' 덕분일 것이다. 그 시간은 평화로워서, 오히려 더 많은 해석을 요구하기도 한다. 이 시의 후반부가 '비밀'로 이루어져 있는 이유는 그 때문이다.

알리바이와 실체 사이에 내려앉는 '습기'가 있고, 그 사이를 꿰뚫어버리는 '이름'이 있다. 세계와 나의 관계를 이야기할 때 '날씨'가 등장하면 우리는 무심결에 그 의미를 다

---

* 『문학의 공간』, 이달승 옮김, 그린비, 2010, 324쪽.

** 같은 쪽.

알아버린다. 그런데 사실 우리가 알아버린 것은 '날씨'라기보다는 그 날씨가 어떤 의미를 가지고 있는지 다 알고 있다는 '믿음'일 것이다. 그 믿음에 갇히는 것이야말로 알리바이에 갇히는 일이란 것을 알지만, 아는 것은 늘 믿는 것의 벽을 넘지 못한다. 그러나 이 시는 친절하고 익숙하지만 가장 선명한 통로를 뚫어놓음으로써 그 믿음의 파수꾼들을 쓰러뜨린다. '이름'이다. 존재의 문을 열어 그 주인을 다른 존재로 만들어버리는 것. 어쩌면 그 주인을 다른 차원으로 되불러오는 것.

> 언어는 현실에 구멍을 낸다. 언어는 가시적인/현존하는 현실의 문을 열어 비물질적/비가시적 차원으로 개방한다. 내가 너를 볼 때 나는 다만 너를 볼 뿐이다. 그러나 내가 너에게 이름을 붙일 때 나는 내가 보는 것 너머에 존재하는 네 안의 심연을 가리킬 수 있다.*

'이름'만큼 존재와 부재의 야릇한 동시성을 만들어내면서 그 동시성으로 존재와 부재의 자리를 비워버리는 것이 또 있을까. 그 구멍 속에서 우리는 오랫동안 알고 있었던 대상을 잃어버리고 누군가의 이름을 알기 전, 자기 자신이라고 굳건히도 믿었던 자신의 존재조차 잃어버린다. 그래서 이

* 슬라보예 지젝, 『죽은 신을 위하여』, 김정아 옮김, 길, 2007, 115쪽.

시에서 '이름'은 그 대상을 지시하기 위해 쓰여진 게 아니라 이미 대상을 상실한, 유일무이한 상실의 도구로 작동되고 있다고 보아야 한다. 말하자면 이 시는 "도대체 이 습기는 누구의 이름입니까"라는 질문을 통해, 자신의 경계라고 믿어왔던 피부에 구멍을 냄으로써 나와 세계의 경계가 사라지는, 결국 '나'와 '세계'가 사라지는 효과를 만들어낸다. 누구의 의지도 아닌 곳에서 컵이 미끄러지는 일처럼 말이다.

여기서 조금 생각을 늦춰, 그 모든 일들이 일어나는 장소를 상기할 필요가 있다. 누군가의 이름이 주인을 잃고 추락한 곳. 사물들이 미끄러져 사라지는 곳. 마침내 잠과 내가 몸을 바꾸고 서로를 바라보는 곳. 그리고 첫 행으로 돌아가 그 모든 일들을 다시 시작하는 곳. 사실 이 시가 말하는 '비밀'은 그 장소에 대한 힌트로 가득하다. 내가 유일한 목격자인 비밀의 장소, '몸' 말이다. 다른 곳으로 "옮겨놓을 수" 없어서, 다른 존재가 될 수 없는 몸. 그런데 그 몸에는, 그 몸조차 사라져버리는 미궁이 있다. 숱한 사람들과 사물 뒤의 사물과 끝내 자신이길 실패하고 습기 속으로 사라져버리는. 그 사라짐을 통해 알리바이의 실체들이 소환된다는 점에서, 이때의 사라짐은 일종의 교환이다. 매 순간 우리 몸이 시간의 뒤편으로 사라지면서도, 영속적으로 존재하는 이유이자 삶과 죽음, 사랑과 슬픔이 자신을 드러내는 방법. 우리는 밤과 낮을 통과하며 그 교환을 되풀이해 살아낸다. 그래서, 앞서 인용한바 첫 시를 읽고 남겼던 긴 메모의 마지막 문장은 이랬다.

말하자면 나는 시를 읽고 있는 게 아니었다. 그 시 속에서 매번 다시 쓰여지고 있었다.

오래된 책으로서의 몸

사실 이 시가 보여주는 '시간'은 슬픔의 것이고 상실의 것이어서 사랑이나 인생 자체라고 해도 그 본의가 크게 훼손되지는 않는다. 사랑이나 인생이라고 하면 뻔해지는가. 그렇게 느낀다면 사랑과 인생의 단어만 알 뿐, 그 단어가 말해지는 순간에 뚫려 있는 무한을 모르는 것이다. 잠에서 깨어났을 때 조금씩 선명해지는 사물의 각도를 운명으로 만들고, 피부에 와닿는 공기를 천근의 갑옷으로 만드는 것. 사랑이나 인생은 육체를 갖지 못했기에 오직 우리의 감각을 빌려 세계를 살아간다. 문제는 모든 것의 이유인 사랑이 그 시작과 끝에서 또다시 핑계를 찾듯이, 인생이 스스로 의미를 갖기 위해 신념을 소환하듯이, 사랑과 인생 역시 알리바이에 싸여 있다는 것이다. 알리바이에서 알리바이로 이어지는 시간의 추이를 시인은 인생으로 받아내는 사람이 아니라서, 모든 잠언과 경구들이 그 앞에서 힘을 잃고 되레 사소한 고백을 통해서만 우리는 사랑과 인생을 온전히 마주

할 수 있는 것이다.

저는 아주 오래된 책을 만지고 밤새 온몸에 붉은 반점이 돋았습니다 책의 내용을 떠올리려 했지만 할 수 없었습니다. 목에서 처음 시작된 붉은 반점이 얼굴로 올라오고 목 아래로 번져갔습니다.

어느새 손이 긁고 있었어요. 맹독을 가진 뱀에게 물렸을 때 어떻게 해야 하는지 알고 있습니다. 하지만 오래된 책에 물렸을 때는 어떻게 해야 하는지 알 수 없고 책에도 나와 있지 않습니다.

붉은 반점이 다른 사람에게 옮기는 것인지 알 수 없습니다. 날이 밝으면 의사를 만나겠습니다. 친구들의 얼굴이 보고 싶어요. 나 없는 학교에서 나 없는 친구들이 떠올라요. 그들이 나를 생각하면서 침울하기를 바라는 건지 괜찮기를 바라는 건지 알 수 없습니다. 나를 걱정하지 않는 친구들의 얼굴도 궁금합니다. 읽을 수 없는 붉은 반점을 세는 일은 밤이 지나가는 것도 아니고 날이 밝아오는 것도 아니었으며 이야기가 진행되어도 계속 같은 책장에만 멈춰 있는 책을 읽는 것 같습니다.

우정에서 벗어나는 기쁨이 이야기가 된다면

이 병이 수업 결석에 관한 사유로 인정받길 바랍니다
—「수업 결석에 관한 사유서」 전문

신비에 대한 고백은 늘 멀리 있다고 생각했다. 이상한 아름다움이 줄줄이 가로등을 켜며 우리를 먼 곳으로 이끌었기 때문에, 먼 곳은 신비로웠고 그에 대한 열망은 늘 나 자신을, 지금 이곳을 초라한 것으로 만들곤 했다. 그리고 어김없이 돌아와 나 자신의, 지금 이곳의 이유를 번듯하게 결정해주었다. 그래서 신비는 나와 내 삶을 지워낸 자리, 그 부정이 뿜어낸 그늘과 어둠을 배경 삼아 멀리에서 반짝이는 무언가였다. 자주 읽었듯이, 문득 지금의 자리를 낯선 풍경으로 바꿔놓거나 환상으로 대체하고 더러는 발랄한 이미지로 포장하는 경우도 방법론으로 따지자면 그와 크게 다르다고 할 수 없다.

이 시 역시 신비에 대한 경험담이라고 할 수 있다. 그러나 이 시는 먼 곳으로 가 나와 나의 자리를 잊거나, 낯선 방식으로 돌아보는 구도를 따르지 않는다. 책이 가져다주는 신비, 그거야 잘 아는 바이고 그런 유의 신비를 질병이나 맹독에 빗대는 것 역시 익숙한 일이다. 하지만 그것을 집요하게 생활의 차원으로 끌고 와 사유하는 일은 흔하다고 할 수 없다. '책'과 '뱀' 혹은 '밤'과의 겹쳐짐, '목'이라는 부위와 교육의 현장으로서 '학교'에 대해서도 해석의 여지가 다분하지만, 때문에 나는 이 목소리가 끝내 결별하지 않고 되뇌는 학교와 친구들, 결석과 우정을 둘러싼 '관계의 사유'에 더 많이 붙들리게 된다. 요컨대 이 시의 목소리는 일상에 침투하는 일상 너머에 단조롭게 반응하기보다는, 일상의 삭제 혹은 일상과의 분리를 직시하면서 그로 인한 심적 동요를 파고든다.

그리고 '우정에서 벗어나는 기쁨', 즉 일상과 상극을 이루며 그 마찰로 확인되는 신비의 체험이 '이야기', 곧 시가 될 수 있다면 수업 결석 사유로 받아달라고 말한다. 그 분리 가능성과 갈등의 과정을 제도적 규율로 승인해달라는 것은 이 세계를 확장하거나 세계 자체를 예외의 자리로 옮겨놓으려는 시도로도 읽을 수 있다. 저 소박한 바람이 실상은 세상을 바꾸고자 하는 강렬한 열망을 담고 있다고 말할 때, 우리는 시의 정치성을 드러내는 각별한 사례로 이 시를 내세우는 데 주저함이 없을 것이다. 그러나 시의 역할과 변혁 의지에 대한 자기 투사를 손쉽게 시의 윤리로 결정하는 일이 정작은 해석의 윤리를 지켜내지 못할 때도 있다. 적어도 내가 읽기에 이다희의 시들은 이런 해석의 가시권 안에 머물지 않으며, 그 명징함으로 이해받고 싶어하지도 않기 때문이다.

시의 윤리가 정치적 선언이나 그 의미보다 언어의 작용을 통해 심미적 질문을 생산하는 일에 있다고 여기는 독자라면, 지금까지 우리가 '붉은 반점'의 근원인 '오래된 책'의 가능성에 대해 말하지 않았다는 사실로 돌아갈 수 있을 것이다. 우선은 그것을 진짜 책으로 읽어도 무방했기 때문에,

미적 체험의 순간을 물질화해 보여줄 때 가장 친절한 상징이 또한 책일 수 있기 때문에, 그저 지나칠 수도 있는 그 정체에 대해 이 시는 무심한 투지만 지나칠 수 없는 힌트를 남기고 있다.

> 읽을 수 없는 붉은 반점을 세는 일은 밤이 지나가는 것도 아니고 날이 밝아오는 것도 아니었으며 이야기가 진행되어도 계속 같은 책장에만 멈춰 있는 책을 읽는 것 같습니다.

같은 책장 속에서 끝없이 이어지는 이야기는 무엇인가. 읽을 수 없는 붉은 반점을 세는 일이 왜 한 페이지의 책을 반복하여 읽는 것 같은가. 내용을 떠올릴 수 없는 오래된 책. 그 뜻을 알 수 없는 이야기. 기실 붉은 반점이라는 '독서'는 온몸의 것이기도 하거니와 그 이야기들이 함몰되어 뒤섞이는 곳은 결국 '몸'일 것이다. 읽을 수 없지만 반복하여 읽고 있고, 같은 페이지에 멈춰 있으되 계속되는 이야기를 가진, '오래된 책'으로서의 '몸' 말이다. 일상과 끈질기게 연결되어 있으면서도 그 기원을 알 수 없고, 그래서 모든 이유를 삼켜버리는 장소로서의 몸. 우리는 같은 몸속에서 다른 존재가 되기도 하고, 문득 내 몸속을 흐르는 다른 시간 속으로 빠져들기도 하는 것이다.

다른 세계보다 더 멀고 아득한 곳

이 시집에서 '몸'은 점점 더 구체화되고 그만큼 깊어지는데, 그것은 '몸의 사유'(「백색소음」)에서 '몸의 감응'(「수업 결석에 관한 사유서」)을 거쳐, 이제 몸의 생활과 일상이 고스란히 펼쳐지는 '현장'으로 이어지는 느낌을 준다. 자기 자신도 미처 깨닫지 못했겠지만, 이다희는 실로 '비물질'을 '물질화'해 드러내는 데 각별한 재능을 보여준다. 사건을 순간에 종사하게끔 만드는 힘도 여기서 발현되는바, 어느 시를 대도 좋겠지만 그중 하나라면 「트렁크」를 꼽아야 한다.

오늘만 해도 트렁크가 두 번이나 뒤집어졌어 호텔 로비에서 어떤 남자가 트렁크 좀 보자고 했지 나는 거절했어 여기에 뭐가 있을 줄 알고 당신이 알면 깜짝 놀랄걸 엘리베이터 앞에 섰지 남자는 뒤따라와 자꾸 말을 걸어 그럼 이야기나 하자고 내가 무슨 이야기를 할 줄 알고 룸 앞까지 따라온 남자가 물어봐 나도 들어가면 안 되냐고 나는 짜증이 나서 내가 북한 여자라고 대꾸했어 구글에서 노스코리아를 검색하라고 갑자기 내가 왜 그런 말을 했는지 나도 모르겠어

(……)

내가 밖으로 나가려고 하니까 남자가 앞을 가로막았어 여기는 밤 되면 너무 위험하다고 나는 갑자기 오늘 있었던 일을 털어놨어 공원 벤치에 앉아서 샌드위치를 먹고 있었는데 그사이에 소매치기를 당했다고 지갑에 사진도 있는데 너무 아깝다고 그가 날 진심으로 위로하는 거야 나는 눈물이 핑 돌았어 그가 방에 올라가서 이야기하자고 하더라 나는 삼 초 만에 눈물을 그쳤지 아임 노스 코리아 우먼 소리치고 뒤를 돌아 엘리베이터로 걸어갔어 뒤를 돌 때 얼핏 그 남자 얼굴이 십 년은 늙어 보이더라

—「트렁크」 부분

유독 꼬이는 날이 있다. 트렁크는 두 번이나 뒤집어지고, 낯선 남자는 뜬금없이 트렁크를 보여달라고 한다. 여기서 '트렁크'는 무의식일 수도 있고 존재의 결여가 만들어낸 텅 빈 자리, 즉 욕망 자체일 수도 있다. 보여줄 수도 없고 보여준다고 해도 이해될 수 없는 것. 말하자면 트렁크는 나와 너, 선후와 질서, 이곳과 저곳이 무력화되고 뒤섞이는 '몸'과도 다르지 않다. 그래서 마지막 연에서 하루의 불운을 털어놓았을 때, 그로부터 따뜻한 위안을 얻었을지언정 그와 함께 방에 들어갈 수는 없다. 자신만의 장소인 '방'은 좀더 큰 트렁크이기 때문이다. 이처럼 추상을 가시화할 때는 필연적으로 사물에 의미를 부여할 수밖에 없는데, 다음 대목에 이르러 이다희는 그 모든 과정을 단숨에 뛰어넘으며 구

체적 대상을 통해 적확하게 지시해낸다. 남자를 뿌리치며 '아임 노스 코리아 우먼'이라고 외치는 것이다. 요컨대 '트렁크'와 '방'이 가진 불가침성은, 사물에 관념성을 부여하는 유비적 방식을 지나, '노스 코리아'를 통해 즉자화된다.

노스 코리아. 분명 그곳에 있지만 갈 수 없고 가더라도 알 수 없는 곳. 산과 강의 살아 있는 실체에는 닿을 수 없고 지도라는 기호를 통해서만 확인되는 나라. 이 시에서 '노스 코리아'는 정치적으로 치환된 심연이자 그 심연을 '국가'라는 거대한 구조물로 드러내는 장소이다. 그래서 '아임 노스 코리아 우먼'이라는 외침은, 플러팅 방어를 위해 단순히 국적을 속인 것이라기보다는, 설명할 길 없는 '존재' 자체에 대한 선언이자 자신도 모르는 자신의 무의식 혹은 내적 세계를 현실의 장소로 바꿔놓는 주술 같은 것이다.

보통처럼 '나는 외계인이다'라고 하지 않고 '나는 북한 여자이다'라고 하는 것. 구태여 다른 세계를 건설하려 하지 않고, 이 세계를 들춰 그 심연을 보여주는 것. 아니 이 세계가 다른 세계보다 더 멀고 아득하고 그래서 매번 새롭다는 것을 말하는 것. 우리 모두를 결국 '노스 코리아 피플'로 만드는 힘은 지금 여기의 삶과 일상의 감각을 포기하지 않는 태도에서 비롯되는 것일 텐데, 생활 세계의 끈을 놓지 않는 이다희의 이 미필적 재능은 스스로에게만큼은 한편 무참한 것이기도 해서, 곧잘 밤의 코트를 걸치고 나와서는 자신의 복판에서 쓰러지곤 한다.

나는 친구의 검정코트의 어깨를 털어줬다 친구가 웃었다 나는 참지 못하고 페가수스가 실은 잘린 메두사의 머리에서 나온 것이라고 말해줬다 친구 얼굴에 웃음기가 가셨다 어째서 그런 이야기를 하는 거야 너 메두사랑 친해? 물어봤고 나는 날개 달린 말을 타는 자식들은 왜 그렇게 재수없냐고 따졌다 나는 밤의 틈 사이로 친구의 얼굴과 손이 튀어나와 있는 것을 확인하고 교차로에서 헤어졌다

난 아무래도 검정코트를 사기 어려울 것 같다 내 관심사는 분명 다른 색으로 바뀔 것 같다 만일 검정코트를 입고 어두운 밤을 건너려고 한다면 위험할 것 같아 밤과 검정코트를 구별하지 못한 차가 돌진한다면 아스팔트 도로 위에 누워서 어디부터 어디까지가 나인지 깨달아야 한다면…… 나는 황급히 폰을 꺼내서 친구에게 전화를 건다

—「검정코트의 어려움」 부분

이 시는 친구와 검정코트에 관한 이야기를 주고받는 것으로 시작된다. 하지만 어느 순간 별자리와 도형의 차이가 애매해지고, 그 속에 숨은 비극의 신화가 짓궂게 들춰지는가 싶더니, 급기야 웃음기가 가시고 불편한 대화 끝에 헤어진다. 이 종잡을 수 없는 전개가 우리를 납득시키는 것은 내적 긴장 때문인데, 그것은 친구가 입은 검정코트와 밤의 구분

이 사라지는 것을 목격하는 장면에서 어떤 장치도 없이 세계 전체로 전이된다. 짐작건대 아마 다른 색의 코트를 입었다면, 다른 색의 시간이 그들의 이야기를 전부 가져갔을 것이다. 그러나 시에서 말하듯 검정코트는 기본이므로 우리는 밤이라는 '기본', 이를테면 엇갈린 시선과 감정의 균열과 갈래길의 이별을 겪을 수밖에 없으며, 궁극에는 밤이라는 검정코트 속으로 빨려들고 말 것이다. 최소한의 관계, 곧 '얼굴'과 '손'만 튀어나온 채 각자의 어둠으로 둘러싸인 시공간 속으로 말이다.

이후 불길한 예감은 위험의 예측으로 이어지는데, 그 역시 추상적인 수사로 갈무리되기보다는 '교통사고'라는 체험의 양상으로 제시된다. 왜 관계의 상실이 불길한 예감으로 이어지는가. 이다희의 시에서 일상, 혹은 생활 세계는 관계를 중심으로 구축되며, 그에 대한 사유가 제도적 규율(「수업 결석에 관한 사유서」)을 늘 앞지른다는 대답이 가능할 것이다. 그러나 핵심은 조금 더 아픈 자리에 있다. 다소간의 불화에도 불구하고, 언제든 자신들을 집어삼킬 수 있는 이 세계의 폭력에, 그들이 공히 노출되어 있다는 것. 그래서 '검정코트의 어려움'은 단순히 관계의 어려움이 아니라 세계의 어려움이자 세계에 도사린 근원적인 폭력성을 연대를 통해 극복하고자 하는 태도이고 그 태도를 지켜내는 과정이라고 할 수 있다. 이때 어둠 속에서 겨우 튀어나온 '얼굴'과 '손', 그것이 보여주는 '최소한의 관계'는 '최대치의 수단'으로 뒤바뀐다.

내 몸속에 우글우글한 사람들

이미 우리는 하나의 서사로 종결할 수 없는 무수한 회로를 감고 있는 장소가 몸이라는 것을, 동시에 그것이 언제든 스스로를 위협하는 검은 어둠에 싸여 있다는 것을 알고 있다. 이제 그 '몸'을 들여다볼 차례이다. 푸른 잎처럼 들끓는 '복통' 속에서 말이다.

> 나는 유리창에 이마를 갖다댄다 많이 아프냐고 이마를 짚는 사람이 있고 왜 자꾸 아프냐고 벌컥 화를 내는 사람이 있다 두 사람은 한 사람이다 나는 이마부터 다시 자라나는 나무처럼 열꽃이 피는 나무처럼 유리에 뿌리내리고 싶다 시야가 흐려진다 무화과 열매의 배를 갈라 가지런히 놓인 꽃을 찾아낸다면 나무의 복통을 이해할 수 있을까
>
> 나는 이마로 걸어다닌다 지평선과 기차가 무엇이 다른지 기억나지 않는다 유리창은 유리창이 모르는 일을 숨기고 있으므로 유리라고 유령에게 더 쉬울 리가 없다 기억의 자식들이 기억을 낳아서 대대손손 번창할 때까지

이제 이마를 때려는데 여섯 살 난 아이가 철로 옆에 앉아 있다 지나가는 기차를 볼 요량으로 앉아 있다 기차가 지나가고 아이는 지평선을 발견한다 저 아이가 여섯 살인 걸 내가 어떻게 알고 있을까 이마를 때려는데 이제 나는 복통으로 걸어가는 나무가 된다 지평선과 기차가 다르다고 한 사람에게 긴 고백을 시작한다

—「복통으로 걸어가는」 전문

투명한 경계를 만들며 달려가는 지평선과 기차. 유리 속으로 뻗어가는 생각의 뿌리. 기억의 유령. 배를 갈라낸 곳의 꽃. 이런 이미지들을 따라가다보면 어느새 복통을 품고 걸어가는 나무를 망연히 쳐다보는 순간에 이른다. 그리고 여섯 살 난 아이. 아이의 눈에 기차가 지나가고 그 너머 수평선이 있다. 보이는 것과 보이지 않는 것. 지나간 것과 지나가지 않는 것. 유리창은 유리창도 모르는 일을 숨기고 있다. 하여 아이가 여섯 살인 것을 아는 것은 지나간 시간과 지나가지 않는 시간, 이를테면 지나가고도 남아 있는 몸속의 그 '유령'과의 만남 때문일 것이다.

지평선이 '그어진' 너머를 상정한다면, 기차는 '이어진' 너머를 상상하게 한다. 반대로 지평선이 상실된 꿈을 여기에 남겨둔다면, 기차는 누군가 떠난 자리를 여기에 남겨둔다. 갈망과 상실은 시간의 것이면서 공간의 것이기도 해서, 유리 너머 풍경처럼 건너갈 수 없는 곳을 향하여 뿌리

를 내리는 기억이 있다면, 그는 한자리에 머물면서 매번 그 자리를 떠나는 나무의 운명을 가졌다고 말할 수밖에 없다. 복통을 안고 걸어가는 나무이자 복통 속으로 걸어가는 나무 말이다. 그리고 고백이 시작된다. 나무의 평온을 기차보다 무겁고 지평선보다 아찔하게 펼쳐내면서, 그 모든 순간의 미묘한 가시들에 찔리면서 계절의 피고 지는 고통을 말하기 시작하는 것. 우리는 모두 '한 사람'이 되어, 그 고백을 듣는다.

한 그루 나무로서의 인간, 이 상투성을 내면의 리얼리티로 바꿔놓는 장면은 여기서 시작된다. 뿌리에서 가지까지, 길게 뻗은 고백의 물관이 그 끝에서 말을 잃고 마침내 허공의 한 점을 정확히 찌를 때(「나무가 있는 초상화」), 메마름이 갑자기 황홀한 계절의 빛깔에 휘감기고 회한, 동경, 사랑의 감정이 신랄한 요동으로 차오르며, 잊혔던 세계의 풍경이 열린다. 그 풍경 속에서 처음 시가 시작된 시간 아래 고요히 침잠되어 있던 '사람들'이 일제히 깨어나 우리를 쳐다보는 것이다. 밤만 계속되는 시간(「수업 결석에 관한 사유서」)에서 밤의 시간(「검정코트의 어려움」)으로, 다시 유리처럼 투명하게 열리는 '복통의 시간'으로 이어지는, 유일한 장소로서의 몸속에서 말이다. 이다희의 시는 군더더기 없는 내과술로 그 복통 속에 사는 '사람들'을 꺼내놓는다.

우리 열 명의 사람이 줄지어 걸어간다

긴 대열이 만들어졌다

왜 하필 열 명인가?

당장 눈에 보이는 사람이 열 명이다

세번째 사람은 앞이 보이지 않는다고 투덜댄다

우리는 모두 걷는 자세가 달라서 이렇게 계속 줄을 지어 걷는다면 앞이 보이지 않을 것이다

세번째 사람의 불평에 네번째 사람은 앞에서 오는 전달 사항이 들리지 않는다

다섯번째 사람은 세번째 사람보다 앞서 있다

열 명의 사람이 걸어간다 오래전 알았던 동네를 지나간다

변한 것이 없는 동네에 놀라면서 놀라지 않으면서

우리 열 명의 사람이 우리의 재능으로

누군가는 미래에 있었고 누군가는 아프기 시작했으며 누군가는 질투심을 사용했다

하나의 꽃이 피기도 하고 지기도 한다는 것을 영영 이해하지 못하듯 걸었다

—「마음이 사라지지 않아서 1」 부분

열 편으로 이루어진 연작시에는 열 명의 사람이 등장한다. "하나의 꽃이 피기도 하고 지기도 한다는 것을 영영 이해 못하듯" 조금씩 불화하면서, 그들은 서로 다른 시간과 방

식으로 대열을 이루며 걸어간다. 시에서 "왜 하필 열 명인가?/ 당장 눈에 보이는 사람이 열 명이다"라고 했듯이, 10이라는 숫자는 그다지 중요하지 않아 보인다. 분화되거나 흩어진 것들을 완성된 합체로 인식할 때 불러오기 좋은 정도. 그들은 곳곳에 각기 다른 모습으로 나타난다. '거리의 그림자로 꾸며진 카페에 앉았다가 시간에 빠져들지 않기 위해'(「마음이 사라지지 않아서—카페에서」) 서둘러 일어나거나, '종종 두 시간 삼십 분이 넘는 지루한 영화'(「마음이 사라지지 않아서—목요일 저녁에」)를 찾아다니고, '한 발짝씩 발걸음을 옮겨놓아야 켜지는 센서등 아래에서 겨우 어둠을 밀어내며'(「마음이 사라지지 않아서 3」) 서 있는 것이다. 그래서 "오래전 알았던 동네"야말로 그들 공동의 거처인 하나의 '몸'처럼 느껴진다. 연작시 첫번째 시 「마음이 사라지지 않아서 1」 마지막 대목에서 "나이가 들어서 다시 돌아오자/ 그때 우리는 이 동네가 마음에 들 것이다"라고 하는 이유도 그 때문. 하지만 그런 식의 화해와 인정이 시간의 누적에 의해 저절로 주어지는 것은 아니다.

아침부터 저녁밥을 생각해도 정작 엉뚱한 음식을 먹게 되는 날이었다. 엉뚱한 카레를 앞에 두고. 엉뚱하고 다 식어가는 카레를 앞에 두고. 열 명이 갔다가 한 명만 돌아오는 날이었다. 오지 않는 아홉을 기다리는 저녁이었다.

그녀는 그녀보다 더 그녀 같은 사람과 대화하고 싶었다. 그가 자신을 설득해준다면, 그녀는 더 긴 시간을 들여 그를 설득할 것이다. 손등에 떨어지는 마지막 햇빛을 쳐다보면서, 가끔 물을 마시고, 이해할 수 없다고 고개를 젓고, 뜨거운 침을 삼키면서.

우리가, 이렇게, 어떻게
우리가, 이렇게, 어떻게

—「마음이 사라지지 않아서 6」 전문

지금의 '결과'가 앞선 '계획'과 어긋나 있을 때, 우리는 그 귀책사유를 수없이 되뇌게 된다. 처음부터 불가능한 기대 속에 무언가를 던져놓았던 것인지, 아니면 어찌할 수 없는 시간이 우리를 다른 곳으로 몰고 갔는지. 이 질문에 합당한 대답은 없다. 아니, 모든 결과들은 원인을 갖지 못한다. 알다시피 인과로 이어진 맥락과 논리는 대체로 사후적인 믿음에 의해 재구성되는 것이다. 그래서 그렇게 되었을 거라고, 당도한 결과를 합리화하기 위해 어떤 것을 찾아 원인으로 돌리고 스스로를 그 믿음 속에 가두는 것. 그러나 혹은 그래서 지금 우리 앞에 도착한 일들은 대체로 알 수 없는 기원을 가졌고, 알 수 없는 기원은 늘 그렇듯 믿음 바깥의 신앙을 증명하는 것이기도 해서, 식탁의 제단 앞에서 식어가는 저녁을 예배처럼 맞이하곤 하는 것이다. 바로 이 지점에서 시인은 배교자가 된다. 엉뚱하게 흘러가는 시간 속에서, 그 믿음의 사제인 자기 자신을 주체의 자리에서 비워버리기 때문이다.

걷고 보고 대화하는, 시간의 형상들

주체의 자리를 비워버리는 일이라면 우리는 사랑을 통해 충분히 경험해보았다. 그러나 사랑은 배교의 과정일 뿐 그것을 교리로 완성하지 않는다. 예컨대 이런 과정. 우리는 누군가를 사랑하는 일이 상대방과의 일들로 꾸려져 있다고 믿는다. 그러나 사랑이라는 것이 그를 사랑하는 나와 그를 미워하는 나, 그리워하는 나와 잊고 싶은 나 사이에서만 가능하다면 결국 흩어지고 쪼개진 자기 자신을 상대방이라는, '물질화된 세계'를 빌려 치러내는 게 아닌가. "그녀보다 더 그녀 같은 사람", 결국 자신을 찾아 헤매면서, 또한 "그가 자신을 설득"해주기를 바라고 "자신도 그를 설득"하는 내면의 변증법을 통해서 스스로를 찾아 헤매는 것으로서의 사랑. 무엇보다도, '상대방이라는 물질화된 세계' 역시 마침내는 아무것도 존재하지 않는 텅 빈 허방이었다는 사실을 마음의 역사로 삼는, 배교로서의 사랑 말이다.

그러므로 이 시 속에서 호명되는 "우리"는, 내 속의 수많은 분신들로 구성된 '사랑의 대상'이면서 그 분신들을 기다리는 저녁 같은, '사랑의 시절' 자체를 일컫는 대명사가 된다. 나의 한 시절을 나눠 가진 열 명의 사람들. 아니 나의 어떤 시절을 여전히 살고 있는 사람들. 나머지 아홉은 영영 돌아오지 않아서 나는 그 시절과 결코 화해할 수 없을 것이다. 그들은 내 몸속에서 기꺼이 서로를 스치며 덧없는 중얼거림만 되풀이하고 있을 것이다. 다만 그 중얼거림이 '그래서 그렇게 되었을 것'이 아니라 "우리가, 이렇게, 어떻게"인 이상, 그는 이 정교하게 구조화된 믿음의 세계에서 내쫓긴 채 텅 빈 허방 위로 또 한 걸음을 내딛는 '시인'을 사는 것이다.

교회의 십자가가 보이고 다음에는 다리가 보였다 테니스 경기장에서는 두 명의 선수가 보였다 두 명의 선수가 인형같이 작아 보였다 나는 눈으로 공을 좇으며 조심히 오르막길을 올라갔다

뒤를 돌아보니 열에 아홉이 올라오고 있었다 아주 낮은 곳에서 머리들이 보였다

나는 반가웠다 어떻게 날 알아봤냐고 보고 싶었다고 말할 작정이었다 그들이 두런두런 대화 나누는 소리가 들렸다

그리고 마침내 그들은 나를 그냥 스쳐지나갔다

잠시 우리가 열 명이 되던 순간에도 그들은 대화를 멈추지 않았다

그들은 계속 언덕을 올라가고 나는 그들의 뒷모습을 멍하니 쳐다봤다

—「마음이 사라지지 않아서 10」 부분

그때 나는, 나를 용서할 수 없고 나로부터 잊히고 심지어 나는, 나를 떠나기도 한다. 연작의 마지막을 장식하는 「마음이 사라지지 않아서 10」에서 언덕을 올라오던 아홉이 자신을 그냥 지나쳤을 때, 그래서 잠시 "우리가 열 명이 되던 순간"에도 나는 아홉으로부터 소외된다. 열 명이라는 형식적 온전체는 그 잠시의 엇갈림 속에서도 내용적 온전함을 확보하지 못한다. 실로 한 사람의 정체성이 "모든 경험을 통일적 전체로 구성하는 것"*이라면, 그것은 오직 스쳐지나는 순간을 집요하게 붙들고 있는 상상에 가까울 것이다.

자신에게 따라붙거나 자신을 앞질러가는, 분열된 사유와 엇갈린 욕망으로서의 열 명의 사람들, 그 욕망의 내적 논리를 그들끼리의 '대화'가 받아 안으면서 그에 부합하지 못하는 자신을 끝없이 결여의 자리에 세워놓았기에 열리는 시간이 있다. 기억이라고 해도 좋고 환영이라고 해도 좋을 풍경을 통해, 자신이 지나온 시간의 흔적을 희미하게 그려놓는 것이다.

십자가와 다리로 연결되는 곳에서 사랑의 형식인 양 인

* 황종연, 『비루한 것의 카니발』, 문학동네, 2001, 177쪽.

형 같은 두 사람이 테니스공을 칠 때, 아니 테니스공에 매달려 두 사람이 뛰어다닐 때, 한 시절의 꽃잎들은 발밑에 잠시 멈췄다 속절없이 흩어진다. 무언가는 지나가고, 그 지나간 시간을 현재로 살아가는 누군가가 있고, 다시 그 누군가를 자신처럼 바라보는 내가 있다. 그리고 이런 고백을 남겨놓는다.

> 문을 닫고 밖으로 나가자 다시 눈앞에 펼쳐지는 실내에서 나의 실망과 분노를 받아낸 당신이 손에 얼굴을 묻을 때 나는 내가 단 한 번도 끝내자는 말을 한 적 없다는 사실을 떠올렸다

해보지 않은 일, 그 부재의 실감 속에 놓인 나는 누구일까. 이런 질문 앞에 서는 순간, 우리는 해본 적 없는 일을 반복하게 된다. 나이지만 나로 완성되지 않는 그 시간 때문에 아무리 문을 닫고 나가도 그 사실 밖으로, 그 사실을 살아가는 그들 밖으로 나갈 수 없다. 그리고 일상은 어김없이 같은 시간을 반복한다. 같은 페이지 속에서 계속되는 이야기(「수업 결석에 대한 사유서」)처럼, 끝은 끝나지 않는다.

영원히 젊어서 영원히 고통인 얼굴들

그녀는 집에 들어가자마자 가방을 내려놓고 셔츠를 들어올렸다. 집에 도착하기 전에 비가 많이 내렸고, 달리기에는 가방이 무거웠다. 얇은 리넨 셔츠는 피부에 달라붙어 잘 떨어지지 않았다. 셔츠를 벗고 나머지도 벗었다. 그녀가 빠져나가자 옷은 작고 납작해졌다. 방금 전까지 그녀를 감쌌던 옷은 허름해 보였다. 옷은 벌써 그녀를 잊은 듯했다. 아침에 벗어둔 잠옷을 침대 옆에서 찾아 젖은 옷들과 한데 모았다. 모두 같은 세탁기에 돌려질 참이었다.

거울 앞을 지날 때 그녀는 자신의 알몸을 힐끗 쳐다봤다. 거울이 더러웠다. 거울을 닦아내면서 무엇인가 발견했다. 가슴 바로 아래를 지나는 줄과 배꼽을 가로지르는 줄을 발견했다. 가슴 바로 아래의 줄은 브래지어 자국이었고 배꼽을 가로지르는 줄은 벨트 자국이었다. 그녀는 지금껏 두 개의 붉은 줄로 삼등분되고 있었던 것이다. 언제부터 생긴 것인지 알 수 없었다. 그녀는 뜨거운 욕조에 앉아 한참을 생각했다.

한번 깨진 거울은 다시 깨질 수 없고 그녀의 피부는 부드러워서 깨진 거울에 찔리면 피가 날 것이다. 거울이 깨진 경험에서 거울을 빼면 어떻게 될까. 거울이 없이도 거울이 깨질 수 있을까. 처음을 두 번 할 수 있을까.

그녀는 깍지를 끼고 손바닥을 뒤집어 위로 들어올렸다. 손바닥이 하얗게 변했다. 두 개의 붉은 줄이 벌어질 수 있는 한계까지 벌어지다가 이내 제자리로 돌아왔다.

—「마음이 사라지지 않아서—두 개의 붉은 줄」 전문

가르침보다 깨달음을 더 중시하는 사찰에 가면 목동이 타고 가는 검은 소가 무심한 가운데 흰 소로 바뀌어 있는 그림을 종종 볼 수 있다. 그것은 덧없이 찾아오는 깨달음에 대한 상징을 담고 있는 것이기도 하지만, 더 중요하게 이야기되는 것은 일상에의 전념이자 하루하루 살아내는 일의 숭고함이다. 이다희의 시를 통해서도 우리는 비슷한 경험을 할 수 있다. 오후를 지나가듯 평온한 목소리를 따라가다보면 같은 풍경이 조금씩 달라지고 어느새 시간에 작은 소용돌이들이 생겨나기 시작하는 것이다. 시구의 끊어짐도 이미지의 낙차도 없는 곳에서, 어떤 생경함과 당혹스러운 낱말들을 동원하지 않고서도 그 일을 가능하게 만드는 것은 이다희의 시가 이 세계를 쉼없이 실천하기 때문이다.

「마음이 사라지지 않아서—한 개의 붉은 줄」이 "행렬에 맞춰 줄을 선 내 아이"를 향한 사랑의 기술 곧 '이어짐에 대한 소묘'라면, 「마음이 사라지지 않아서—두 개의 붉은 줄」은 잘리고 깨어지고 그래서 벌어지는 틈 혹은 언제든 흩어질 수 있는 존재에 대한 기술이다. 깨진 경험에서 거울을 빼고 남는 것은 거울에 맺힌 '표상'이 아니라 거울 바깥의 '실체'일 것이다. 그러고도 질문은 끝나지 않는다. 거울 없이도 깨지는 거울이라면 그것은 깨짐을 통해 개시되는 상처의 이미지에 기대지 않고 깨지는 과정으로서의 존재, 이를테면 상처 자체로서의 존재가 아닐까. 한번 깨진 거울은 다시 깨질 수 없지만 깨짐의 표상인 거울 없이도 깨지는 존재는 매순간 깨지는 존재이기에, 그에게 고통과 슬픔은 영원히 젊다. 그래서 "처음을 두 번 할 수 있을까"는 불가능함에 대한 반문이 아니라 매번 처음으로 다가오는 '깨짐'을 진행형으로 겪는 자의 반문이자 확인으로 읽힌다.

매번 깨진 거울에 찔리는 '피부'를 시인의 첫 시에서 만났던바, 이다희의 목소리가 깨지는 순간의 희열이나 충격에 대해 좀처럼 말하지 않고 깨지기 전의 긴장이나 깨진 후의 묘한 평온에서 시작된다는 것을 우리는 알고 있다. 언제나 "깨지거나 깨지지 않거나 둘 중 하나"(「깨진 컵의 위로」)의 장소에 머무는 것. 그때, 깨지기 전과 깨진 이후는 구분되지 않는다. 유리잔이 수많은 금들을 제 속에 품고 있는 것처럼 말이다. 그러니 내 몸속에 우글우글한 사람들, 그들은 깨진 거울이면서 매번 처음인 고통의 표정과도 같다.

그래서 나는 눈을 감습니다. 그러면 아직 태어나지 않

은, 그림자처럼 어른거리고 있는 한 세계가 들여다보입니다. 그 세계는 나한테서 질서와 형상을 부여받고 싶어서 안달입니다. 또한, 나는 인간의 형상을 하고 있는 허깨비들이 우글거리고 있는 광경을 바라보게 됩니다. 그들은 부디 마법을 걸어 자기들을 풀어달라고 나에게 손짓하고 있습니다. 비극적인 허깨비들과 우스꽝스러운 허깨비들, 그리고 비극적인 동시에 우스꽝스러운 허깨비들인데, 나는 이것들에게 큰 애정을 갖고 있습니다. 그러나 마음속 아주 깊은 곳에 있는 아무도 모르는 나 혼자만의 사랑은 금발과 파란 눈을 하고 있는 사람들, 생동하는 밝은 사람들, 행복하고 사랑스럽고 일상적인 사람들에게 바쳐진 것입니다.*

인용한 소설에서 토마스 만이 마주하는 '허깨비'들은 이다희에게 와서 내계인들이 되었다. 말하자면 이 메마른 세계의 일원으로 살아가기 위해 억압되거나 착취당하는 자들, 언제나 타자가 되어 있는 그 '자아'의 일부 말이다. 랭보가 이른바 '투시자의 편지'에서 "모든 감각의 길고 엄청나고 이치에 맞는 착란"을 통해 투시자가 된다고 할 때, 지루하나 가차없이 지속되는 일상이 우리 존재에게 부여한 그 착란

* 토마스 만, 『토니오 크뢰거 / 트리스탄 / 베니스에서의 죽음』, 안삼환 옮김, 민음사, 1998, 107~108쪽.

의 필연성으로 가시화되는, 우리 내면에 깃들어 있는 존재들 말이다. 그리고 우리는 저 토니오의 '눈 감은 바라봄'이 사랑의 시작이란 것을 안다. 사랑을 통해서만 볼 수 있는 얼굴들. 다음 시는 그들이 터져나오는 어떤 '끝'에 관한 이야기이면서 동시에 그들의 '초상화'가 아닐까.

나무는 나무가 아닌 것들을 갖지 않으려 한다 겨울날 우리는 나무들 속에서 나무를 찾아냈다 결대로 내려앉는 눈을 정성껏 털어주었다 나무들의 지옥에서 나무를 건져 냈다

나무의 끝을 보고 싶어
알 수 없는 곳을 정확히
아프게 찌르는 가지를 보고 싶어

자연이 풍경을 닮아간다는 소문이 돌고
봄이 왔다
나무를 찾아낼 수 없었다

한 나무에서 갈라진 가지처럼
모으는 법이 없는 왼손과 오른손처럼
우리는 말이 없다

나무가 하나, 그 옆에 둘, 그리고 셋……
이것은 너무 쉬운 일이다
나무가 하나, 그 옆에 하나
그리고 하나
이것은 숲에 불을 지르는 일이다

너는 가지들을 모아 손에 쥐여준다
이게 끝이냐고
이제 끝이냐고

나무의 끝을 안고 숲에 서 있었다
숲은 이렇게 타는데 나무는 타지 않았다

—「나무가 있는 초상화」 전문

아름다운 것에 대해서는 아무 말도 보태지 않는 것이 미덕일 때가 있지만, 어떤 아름다움은 애초에 아무 말도 하지 못하고 오직 그것을 오래 지키게 만들기도 한다. 나에게는 이 시가 그랬다. "나무의 끝"이 "알 수 없는 곳을 정확히 아프게 찌르는" 것처럼 하나가 둘이, 다시 셋이 되는 것이 아니라, 제 존재의 끝에서 각각이 하나의 나무와 하나의 나무로 서 있을 때 그들은 정확해진다. 서로의 끝은 서로를 남기지 않으므로 그들은 서로를 찾을 수 없고, 다만 서로의 끝을 쥐고 있는 순간 속에서 그들은 숲으로 타오른다. 즉 '그들'은 불 속에 타오르지만, '그'와 '그'는 끝내 그 자리에 남는 순간.

처음 우리는 가로수를 나무로 남기는 일에 대해 말했다. 그리고 일상의 밤과 모든 것을 뒤섞는 복통과 복통 속에서 깨어나는 사람들에 대해 말했다. 아름다운 이별의 서사로 읽어도 좋을 이 시는, 그와 같은 이유로 내 몸속에서 매번 깨어나는 사람들의 초상이 된다. 하나로 완성되는 이야기를 가질 수 없는 존재들. 매번 헤어지면서 내 몸속을 숲으로 태우는 존재들. 끝내 타지 않음으로써 매번 헤어짐을 반복하고, 매번 헤어짐으로써 내 몸속의 불을 꺼트리지 않는 존재들 말이다.

우리가 우리로서 정확해질 때

그리고 "문과 나무가 서로를 알아차"(「문 앞에서」)리는 순간이 있다. 사실 이 시집에서 '평온'은 두껍고 무겁게 버티는 비밀의 문처럼 서 있다. 그것은 케이크 위에 잠시 켜지는 '촛불'에 비친 얼굴 같아서, "돌아올 수 없는 자"(「초가 타는 시간」)의 모습처럼 잠시 나타났다가 이내 '전깃불' 속으로 사라진다. 마치 '깍지를 끼고 손바닥을 뒤집어 위로 들어올렸'을 때, '한계까지 벌어지다가 이내 제자리로 돌아'오는 두 개의 붉은 줄처럼 말이다. 만약 '어둠의 깊이까지 잴 수 있는 줄자'를 가지고 있다고 하더라도, 그 측정치보다도 어둠 속에서 '전속력으로 당신의 손을 찾아 되돌아오는 줄자의 진동, 그 요동과 요동의 틈'(「마음이 사라지지 않아서—조금 센치한」)을 통해서만 그 문 너머를 예감할 뿐이다. 그리고 그 문을 열었을 때 우리는 긴 복도를 만나고, 다시 걷게 된다.

긴 복도를 따라 걷는 발걸음이 있다
발소리가 길게 따라붙는다

홀로 걷는 사람은
자신의 발소리를 자신만 듣는다

복도는 항상 어디쯤이어서
갑자기 발걸음을 멈추는 일이
여기가 어디인지 묻는 물음이
미궁에 빠진다

자신의 발소리를 자신만 듣는 일이
자신의 울음소리를 자신만 듣는 일과
어떻게 다른가

복도가 휘는 것은

시간이 흐른다고 생각하는 것은
너무 긴 것에 대한 착시일 뿐이라고

어디에나 있는 복도가 어디인지 묻는 일이
얼마나 치사한가

아무도 복도에서 생활하지 않고

걸어오다 문득
사라지는 사람이 있다

햇빛이 복도를 오래 사랑했다

—「플랫폼」 전문

이 시는, '복도'가 삶이나 인생에 대한 유비라고 믿으며 읽는 독자들을 수긍시키면서도 한편으로 배반한다. 우선, '시간의 흐름은 긴 것에 대한 착시'라고 말함으로써, 인생을 논할 때 으레 뒤따르기 마련인 서사적 맥락화의 가능성을 차단한다. 또한 "어디에나 있는 복도가 어디인지 묻는 일이/ 얼마나 치사한가"라고 말하면서, 삶에 대한 잠언적 수행을 저지한다. 인생이 크고 작은 사건들의 연속체인 '생활'로 가득차 있다는 믿음을 저버림으로써 '복도에는 생활이 없다'는 말을 핵심 조건으로 만든다.

여기서 제목이 '플랫폼'인 이유가 드러난다. 인생은 사건으로 구조화된 것이 아니라 어떤 사건들이 드나드는 '순간'으로 이루어져 있다는 것이다. 즉 복도는 건너가야 할 이편과 저편의 과정으로 존재하지 않고 걸어오다 문득 사람이 사라지는 미궁이며, 따라서 우리가 믿고 있는 시공간의 맥락들은 그저 착시일 뿐이라는 것. 그리고 그 이상한 순간을 현상하려는 듯 햇살이 텅 빈 허방을 비추는 것이다. 이 시와 짝을 이루는 「플랫폼 2」에서 '복도'라는 단어를 모두 '사랑'으로 대체할 수 있었던 것도 그 때문일 것이다. 사랑은, 인생은, 사건과 사건의 연속으로 이루어진 게 아니라 그것들이 잠깐 반짝이다 자신의 몸속으로 침몰하는 순간들이다. 그리고 그 침몰의 장소에서 "모든 감각의 길고 엄청나고 이치에 맞는 착란"(랭보)을 분명한 사건으로 만드는, 내 몸속에 우글우글한 사람들의 대화(「마음이 사라지지 않아서 10」)이다. 다음과 같이, 아름답고 슬픈 질문을 던질 줄 아는 자만이 불러낼 수 있는 '내계인' 말이다.

바닥에 닿지 않는 커튼이 계속 아름다운 직물의 모습을 보여줄 때
그것은 정말 바닥과 무관한 일이 되는 것일까

—「포춘 쿠키」 부분

독후감이 중언부언이 되고 말았다. 그보다도 나는 이다희

의 시를 오독했을 것이다. 잘못 읽어냄으로써 새롭게 열리는 길도 있다는 걸 알지만, 그의 시는 이미 여러 갈래를 풍요롭게 펼쳐놓고 있어서, 그 오독은 과잉이 아니라 과소에 그치고 말 것이다. 예컨대 앞서 언급한 「트렁크」나 「복통으로 걸어가는」도 그렇지만 「수업 결석에 관한 사유서」 「검정코트의 어려움」 등 이다희의 시들은 여성주의 관점에서도 매우 훌륭한 사례로 읽힐 수 있다. 여성성을 오래 가두었던 관념을 일상의 세목들로 바꿔놓고 있으면서도, 그 언술의 표면에 아름답게 부상하는 세계의 물결을 새겨넣는 재능은 분명 귀하다. 예컨대 내가 「마음이 사라지지 않아서—두 개의 붉은 줄」을 오래 들여다보며 망연했던 것도 무심한 일상의 고백을 거머쥐고 놓아주지 않는 고통과 슬픔의 악력 때문이었을 것이다. 그러니, 내가 남성으로서 누리고 그로써 배제했던 일들을 아프게 돌아보며 계속될 배움의 자리에서 스스로를 다그치는 동안, 눈 밝은 누군가가 이 진흙의 말이 가린 빛들을 닦아 환히 열어주기를 미리 바란다.

그럼에도 기꺼이 말할 수 있는 것은, 이다희의 시는 적대를 피하려고도 하지 않지만 그것을 관념화하지도 않아서, 손쉬운 대결과 선명한 선언 속에 미적 싸움을 가두지 않는다. 일상의 시간을 찢되 그 조각을 다시 일상의 자리에 내던짐으로써, 읽는 이를 읽는 이의 삶 속으로 돌려보낸다. 언어의 재현을 보여주는 게 아니라 삶을 끝없는 재현 속에 위치시키는 것. 이 역전의 방식이 때로 시간을 그저 흘러가는 것처럼 보이게 만들지라도 그 마지막에서 우리는 비로소 '우리'로서 정확해질 것이다. 이보다 아름다운 과정을 나는 알지 못한다.

이다희 1990년 대전에서 출생했다. 2017년 경향신문 신춘문예를 통해 등단했다.

문학동네시인선 138
시 창작 스터디

1판 1쇄 2020년 6월 12일
1판 4쇄 2024년 4월 12일

지은이 | 이다희
책임편집 | 강윤정
편집 | 김영수 김민정 이재현
디자인 | 수류산방(樹流山房) 본문 디자인 | 유현아
저작권 | 박지영 형소진 최은진 서연주 오서영
마케팅 | 정민호 서지화 한민아 이민경 안남영 왕지경 정경주 김수인 김혜원
김하연 김예진
브랜딩 | 함유지 함근아 고보미 박민재 김희숙 박다솔 조다현 정승민 배진성
제작 | 강신은 김동욱 이순호
제작처 | 영신사

펴낸곳 | (주)문학동네
펴낸이 | 김소영
출판등록 | 1993년 10월 22일 제2003-000045호
주소 | 10881 경기도 파주시 회동길 210
전자우편 | editor@munhak.com
대표전화 | 031) 955-8888 팩스 | 031) 955-8855
문의전화 | 031) 955-2696(마케팅), 031) 955-2678(편집)
문학동네카페 | http://cafe.naver.com/mhdn
인스타그램 | @munhakdongne 트위터 | @munhakdongne
북클럽문학동네 | http://bookclubmunhak.com

ISBN 978-89-546-7256-6 03810

www.munhak.com

문학동네